Meerliebe –
Eine Liebeserklärung an das Meer

10 inspirierende Abenteuergeschichten von Weltreisen, Wassersport & dem Leben am Meer

Herausgegeben von

Carla Vollert

www.backpack-stories.de

1. Auflage 2021
Backpack Stories

Meerliebe –
Eine Liebeserklärung an das Meer

10 inspirierende Abenteuergeschichten
von Weltreisen, Wassersport &
dem Leben am Meer

Maybachstr. 102, 50670 Köln, Deutschland
carla@backpack-stories.de
www.backpack-stories.de

Lektorat: Management Support - Jean Bernsee
Umschlaggestaltung: Malena Harig | www.malena-harig.de
Coverbild: Jess Loiterton | www.pexel.com/

Bilder: alle Bilder dieses Buches sind privat und
mit freundlicher Genehmigung der Urheber

ISBN: 9798487331915

Dieses Buch ist für mein Schwesterherz, mit der ich schon einige schöne Momente am Meer erleben durfte.

The greatest gift our parents ever gave us, was each other!

BACKPACK STORIES

VORWORT

Kennst du auch das Gefühl, dich nach einem schönen Urlaubstag an den Strand zu setzen und den Sonnenuntergang anzuschauen? Diese Ruhe, die dich einhüllt, wenn sich der Tag dem Ende zu neigt und du leise das Meer rauschen hörst? Dieses Gefühl möchten die Reisenden transportieren, in dem sie dich mit auf ihre Erlebnisse nehmen.

Ich wünsche dir eine tolle Auszeit am Meer, lass dich auf die Geschichten ein und spüre die Ruhe, die auch dich beim Lesen überkommen wird.

Diese 10 Oceanlover-Geschichten sollen ein Beispiel dafür sein, was auf dich wartet, wenn du dich traust loszugehen und dich darauf einlässt. Dieses Buch ist eines aus der *Backpack Stories*-Buchreihe. Auch in den anderen Büchern erwarten dich viele weitere spannende Reiseabenteuer aus aller Welt.

Vielen Dank, dass du uns auf unseren Erlebnissen begleitest. Ich wünsche dir viel Spaß beim Lesen!

Carla Vollert

Meine Unterstützung für dich

Kostenlose Zusatzinhalte zum Buch auf der Webseite

2016 habe ich die *Backpack Stories* gegründet. Alles fing an mit Live-Events vor Ort in Köln. Daraus ist schnell auch der *Backpack Stories Podcast* entstanden, bei dem du viele Erlebnisse von den unterschiedlichsten Reisen aus aller Welt hören kannst. Von Reisenden – für Reisende. Seit 2018 sind viele weitere Bücher erschienen, die dich aus dem Alltag entfliehen lassen. Durch die Corona-Zeit 2020 gibt es dazu noch das *Backpack Stories TV*. Das sind Online Reisevorträge, die du dir jederzeit von überall aus anschauen kannst, um dein Fernweh zu stillen oder neue Reisepläne zu schmieden.

Mein Ziel mit den *Backpack Stories* ist es, dir diese wunderschöne Welt zu zeigen und dich zu inspirieren, selbst loszuziehen. Solltest du dir mit dem Reisen noch unsicher sein, Hilfe bei der Auswahl deiner Reiseziele benötigen, eine Packliste für deinen Backpack suchen oder dich über Unterstützung beim Sparen für deine (Langzeit-)Reise freuen, dann schau unbedingt auf meiner Webseite vorbei.

Hier habe ich einige Tipps und Tricks als praktische Listen und PDFs für dich erstellt, die dich bei deiner Reise und der Vorbereitung bestens unterstützen.

Schau jetzt direkt rein und lade dir das passende Dokument herunter:
www.backpack-stories.de/fuer-dich

KAPITEL 1

Água é vida

von Lena Lazer

» Make something out of your fears.. «

- aus dem Song Electric Lines von Joe Goddard

Das Element Wasser

Ich bin eine Wasser-Ratte. Vielleicht liegt es an meinem Sternzeichen (Wassermann), vielleicht liegt es einfach daran, dass ich die schönsten Kindheitserinnerungen mit Wasser in Verbindung bringe: Campingurlaub am Meer, Sommerferien im Freibad, mit der Taucherbrille auf dem Grund des Schwimmbeckens liegend, das Glitzern der Wasseroberfläche beobachten, bis die Luft ausgeht. Das Gefühl in einer eigenen Dimension zu sein, solange der Atem anhält. Ich liebe es zu schwimmen, in den Wellen zu spielen. Mit meiner Mutter haben wir im Meer den „toten Mann“ geübt, sich vom Wasser tragen zu lassen, auf dem Rücken liegend zu schweben. Wasser bedeutet für mich Freiheit. Im Wasser kann ich Kind sein, es nimmt mir das Gewicht meines Körpers und bringt Leichtigkeit. Gleichzeitig ist es wie eine andere Welt. Bewegungsgesetze funktionieren hier anders. Hörst du auf dich zu bewegen, gehst du unter. Selbst der „tote Mann“ erfordert Körperbeherrschung und Konzentration.

Kitesurfen

Diese Liebe zum flüssigen Element begleitet mich schon mein gesamtes Dasein und hat einen unterschiedlich starken Einfluss auf mein Leben genommen. Als Kind ging ich einfach gern Schwimmen. Später brachte mir mein Vater das Windsurfen bei. Mit acht Jahren kaufte ich mir, von meinem ersten verdienten Geld, einen Neoprenanzug.

Die Pubertät und Jugend verschob kurzfristig meinen Fokus auf Anderes, nichtsdestotrotz kam ich mit 28/29 Jahren zum Kitesurfen. Besser spät als nie. Eigentlich fing es schon früher an, ich war Mitte zwanzig, studierte Design und lebte in einer WG in Köln. Mein Mitbewohner hatte sich einen Kiteschirm im Internet bestellt und fragte mich eines Tages, ob wir das Ding nicht mal auf einem Feld um die Ecke ausprobieren sollten. So sollte man es auf keinen Fall machen, denn der ganze Spaß endete damit, dass ich einen Köpper in den Acker machte und mich einige Zeit mit Schulterschmerzen quälen durfte. Dennoch weckte dieses Erlebnis sowohl mein Interesse als auch meinen bis heute anhaltenden Respekt vor dieser Sportart. Einige Zeit später kam es dazu, dass ich einen richtigen Kitekurs machte. (Zum sportlichen Aspekt kommen einige theoretische Dinge, wie das Wissen über Wind, Wasser, Strömungen etc., weshalb ich jedem empfehle, der diesen Sport lernen will, einen soliden Kurs zu machen.) Ich kann mich noch genau an das Gefühl erinnern, als mich der Kite mit meinem Board das erste Mal aus dem Wasser hob und ich die ersten Meter über die Wasseroberfläche gleitete. Es war unbeschreiblich. Ich glaube so muss es sich angefühlt haben als Kind laufen zu lernen. Zu Beginn ist man noch unbeholfen, fällt immer wieder hin - ein Kraftakt, bei dem man sich auf jede Bewegung konzentrieren muss. Mit zunehmender Übung gehen die Bewegungsabläufe in den Körper über, manifestieren sich im Unterbewusstsein. Während dieses Prozesses lernt man jede Menge über sich selbst. Angst, Wut, Ungeduld sowie körperliche und geistige Müdigkeit sind Teil des Lernens. Sie überfallen

dich hinterrücks und zeigen dir eine Seite von Dir, die man allzu gern verdrängen würde. Gerade das Thema Angst war, nach meinem kleinen Zwischenfall mit dem Acker, immer wieder präsent. Ich hatte zu Beginn schlichtweg Angst vor dem Schirm. Beim Kitesurfen wird ein Drachen mittels ca. 20 Meter langen Leinen an einem Gurt (dem Trapez) befestigt, den man um seine Taille trägt. Ist der Drachen einmal in der Luft, spürt man die Kraft, die durch den einströmenden Wind an einem zieht. Bewegt wird der Kite durch eine Lenkstange (die Bar), die in den Leinen auf Schulterhöhe eingearbeitet ist. Es ist eigentlich wie das Steuern eines Lenkdrachens, nur dass der Drachen einige Quadratmeter größer ist und damit mehr Kräfte entwickelt, die direkt auf deinen Körper einwirken.
Man spürt diese gewaltige Kraft, die man mit der Bewegung der Bar intensivieren oder abschwächen kann. Zunächst ist das ein neues und ungewohntes Gefühl: Wann und wie lenke ich? Wie behalte ich die Kontrolle über den Kite?

Eines meiner Lebensmottos ist: Geh auf deine Angst zu, dann kommst Du weiter. Joe Goddard beschreibt es in seinem Song „Electric Lines“ so: Make something out of your fears. Diese Angst war zu Beginn, dass der Kite die Kontrolle über mich gewinnen würde. Ich hatte Angst vor einem Kontrollverlust, jemanden zu verletzen, mich zu verletzen, den Schirm kaputt zu machen. Ich dachte, dass ich schlimmstenfalls ein riesengroßes Chaos mit Verwundeten anrichte oder mich zumindest maßlos blamieren und wieder mit dem Kopf im Erdboden enden würde. Ich hatte kein Vertrauen in mich, reagierte hektisch und machte dadurch Fehler. Das ist zwar normal beim Erlernen, irgendwie sah es aber bei den anderen immer viel einfacher und müheloser aus. Was hat mir also geholfen? Üben, Fallen, Aufstehen und wieder von vorn beginnen. Mich immer wieder mit ungewohnten und auch unangenehmen Situationen konfrontieren. Auf die Angst zuzugehen und ihr mit Ruhe begegnen. Ein Kind denkt sich vermutlich auch nicht „schon wieder hingefallen, ich lasse das mal lieber mit dem Laufen, da werde ich mich nur verletzen". Ein Kind steht einfach immer wieder auf und fängt von vorne an. Manchmal mit Tränen, manchmal mit einem Lachen. Im besten Fall fängt man irgendwann an, über sich selbst zu lachen. Dann wird man ruhiger und besonnener. Irgendwann verändert sich die Angst. Sie verschwindet nicht, kann aber zu etwas transformiert werden. Bei mir ist das Respekt. Ich habe nach wie vor Respekt vor den Elementen Wind und Wasser und vor der Kraft, die ein Kite entwickeln kann, weiß jedoch, dass man sich diese, mit der richtigen körperlichen und geistigen Kondition, zunutze machen kann. So gut, dass sie einen übers Wasser tragen kann und man Flow-Zustände erreicht. Man betritt eine neue Dimension. Oft habe ich während dem Surfen diesen Gedanken, wie abgefahren es ist, dass ich über das Wasser gleite. Ohne Motor, nur aus der Kraft der Elemente und meines eigenen Körpers. Ein tiefes Glücksgefühl, gepaart mit Ehrfurcht und Dankbarkeit, erfüllt mich dann.

Als ich das Kitesurfen lernte, war ich immer mit meinem damaligen Freund Daniel unterwegs, er war derjenige der mir alles beibrachte, jeden meiner Schritte begleitete, jeden Wutausbruch, alle Tränen und subjektive Nahtoderfahrungen hautnah miterlebte. Kiten lernen durch den Partner klingt erstmal sehr praktisch und vor allem günstig, kann in der Realität jedoch zu einer emotional kostspieligen Angelegenheit werden. Es ist einfacher dem Partner die Schuld für alles Misslingen in die Schuhe zu schieben, als einem fremden Lehrer, der ja bestimmt viel objektiver beurteilen kann, warum ich gerade Verursacher meiner eigenen Misere bin. Da sind sie wieder, Angst, Wut und Ungeduld, die mich hinterrücks überfallen und zu Boden ringen. Ich habe Daniel viel zu verdanken. Seine Geduld und Ausdauer haben mir den Weg in eine Welt geebnet, die ich zuvor nur erahnte. Als Kind war ich am Flughafen immer beeindruckt, wenn ich Menschen sah, die mit Surfbrettern reisten und versuchte mir vorzustellen, was für abenteuerliche Reisen auf sie warteten. Irgendwie sahen diese Leute immer danach aus, als wäre Urlaub mehr als nur endlich mal woanders sein.

Brasilien

Trotz meiner Neugier und Begeisterung für Surfgepäck, war ich eigentlich nie so der Fernreise-Typ gewesen. Mit 16 Jahren verbrachte ich zwar ein halbes Jahr in Australien, das Heimweh nach Freunden und Familie wurde jedoch so stark, dass ich das Reisen in ferne Länder eher mit diesem Gefühl von Sehnsucht nach zu Hause verknüpfte. Ich hatte nie dieses Fernweh, von dem alle sprachen. Einfach so in ein fernes Land zu fliegen, das lag mir fern. Ich bin ein Mensch der einen Grund braucht. Wenn ich etwas tue, dann muss es eine Rechtfertigung dafür geben. Ich brauche eine Mission. Warum sollte ich also in die Ferne reisen, wenn man seine 28 Tage Urlaub auch ganz prima dafür verwenden kann, seine nähere Umwelt besser zu erkunden. Ist dann auch viel günstiger und grundsätzlich einfacher. Das änderte sich durchs Kitesurfen. Als Kitesurfer kommt man nur dann weiter, indem man übt was man liebt. Plötzlich werden Urlaubsziele nach Windprognosen geplant, alles dreht sich darum, Zeit auf dem Wasser zu verbringen. Jede Sekunde ist kostbar und Holland stellt irgendwann auch keine Option mehr dar. Eine Mission war geboren. Diese Mission brachte mich 2014 das erste Mal nach Brasilien. Nordbrasilien ist bekannt für seine hohe Windausbeute zwischen Spätsommer und Frühjahr. Ein Eldorado für Windliebhaber. Das erste Mal reiste ich dort hin, um Daniel zu besuchen, der dort einige Monate an einer Kiteschule arbeitete. Als Kitesurfer verbringt man viel Zeit mit Windprognosen. Soll es morgen Wind geben, wenn ja wie viel, wie lange und in welche Richtung? In Brasilien wird das obsolet. Jeden Morgen geht der Wind los und bleibt bis abends. Jeden Tag! Man kommt an den Strand und der Tisch ist immer reich gedeckt.

Im nächsten Jahr beschloss ich mit Freunden, die ich beim Kitesurfen kennen gelernt hatte, wieder nach Brasilien zu reisen. Diesmal in einen anderen Ort. Ich war mittlerweile Single und hatte zwar alles Material zum Kitesurfen beisammen, jedoch noch nicht den Mumm, allein zu reisen. Das wollte ich in kleinen

Dosen ändern. Am Ende dieser Reise blieb ich allein in Brasilien und lernte, wie wenig man allein ist, wenn man allein reist.

Im Grunde genommen habe ich erst richtig angefangen das Kiten für mich zu entdecken, als ich allein war. Ich lernte mit prekären Situationen umzugehen und so gut es geht die Ruhe zu bewahren, egal was passiert. Vor allem aber machte ich das Kiten zu meinem Ding, zu meiner Freude, zu meinem Lehrer. Die Mission missionierte mich und öffnete mir die Augen für eine Welt, die zu einem Teil von mir wurde, abseits von Ängsten, Wut und Ungeduld. Ich lernte Menschen kennen, mit denen mich bis heute eine tiefe Freundschaft verbindet.

Im Jahr darauf wollte ich eigentlich nicht schon wieder nach Brasilien. Ich war gerade wieder in Deutschland angekommen, da las ich in einem Facebook-Post von einer Gruppe, die im darauffolgenden Winter nach Macapá in Brasilien zum Kiten reisen würde. Wegen abgesprungenen Teilnehmern suchten Sie noch einen Mitreisenden. Ich hatte schon viel von diesem kleinen Ort gehört, über die unglaublichen Bedingungen und die Abgeschiedenheit.

Macapá

Um nach Macapá zu gelangen, landet man am Flughafen in Fortaleza, die fünftgrößte Stadt Brasiliens. Von dort aus geht es sechs bis acht Stunden mit einem Bus in Richtung Norden. Je nach

Straßenverhältnissen braucht man auch mal gut und gerne länger. Allein die Anreise ist schon ein kleines Abenteuer für sich: auf dem Weg vorbei an kleinen Ortschaften, muss man immer wieder Ausschau nach Eseln, Kühen, Schweinen, Hunden und anderen Tieren halten, die nur allzu gerne auf der Straße entspannen. Zwischendrin gibt es kleine Stände an denen Menschen Kaffee und Snacks verkaufen. Nahezu niemand spricht Englisch, Hände, Füße und viel Lächeln waren zunächst meine Dolmetscher. Der Ort Macapá selbst ist ein kleiner Fischerort, beschaulich und ruhig. Es gibt eine Hauptstraße, drei kleine, kioskartige Supermärkte, einige Unterkünfte und Restaurants. Die meisten Straßen sind aus Sand. Würde dieser durch die Sonne nicht so brennend heiß werden, könnte man den ganzen Tag barfuß unterwegs sein. Tourismus ist hier noch überschaubar und konzentriert sich hauptsächlich auf Kitesurfer. Das Besondere an diesem Ort, neben seiner Abgeschiedenheit, ist das Kiterevier. Es ist riesengroß und ändert sich mit den Gezeiten immerfort. Dieser riesige Wasserspielplatz bietet genügend Platz, um in den Lagunen umherzuflitzen und auf den Wellen im offenen Meer zu cruisen. Und es ist warm. Es ist so warm, dass man im Bikini kiten kann. Da ich leider vom Hauttyp eher Richtung Wikinger tendiere, sind Leggings und Longsleeve in den ersten paar Wochen meine schützenden Begleiter. Das Leben ist sehr einfach in Macapá und das macht meiner Meinung nach auch seinen Charme aus. Es gibt keine Clubs, keine Einkaufsmeile, keine Eisdiele. Stromausfälle gehören zur Tagesordnung. Alles ist an den Grundbedürfnissen ausgerichtet. Im Grunde genommen braucht man ja auch als Kiter nicht viel, wenn man Wind, Wasser und Sonne hat. Einen Ort im Schatten, um sich zu erholen und Süßwasser, um das Material abzuwaschen sowie Essen und Trinken, um sich zu stärken. Wenn man es komfortabel haben möchte, bucht man sich am besten in die Kitestation BeeKite ein. Direkt am Spot gelegen, kann man hier sein Material über Nacht einlagern, tagsüber in Hängematten entspannen, Essen und Trinken, mit anderen Kitern Ausflüge unternehmen oder einfach nur die Seele baumeln lassen.

Downwinder in ein neues Leben

Dort machte ich 2018 (bei meiner inzwischen vierten Reise nach Brasilien) mit Freunden einen Downwinder. Downwinder sind beliebt in Brasilien. Man kann ganze Safaris in Gruppen buchen, bei denen man wochenlang einen Streckenabschnitt entlang der Küste mit dem Wind surft. Das Besondere dabei ist, dass man sich nicht wie sonst darauf konzentriert, gegen den Wind zu kreuzen, sondern sich mit dem Wind in seine Richtung bewegt. Das bringt erstmal alles durcheinander was man gelernt hat. Ich empfinde Downwinder als sehr intuitives Kiten. Man bewegt sich immer in Richtung des Schirms, sodass die Leinen an Spannung verlieren können, was bewirkt, dass der Kite abstürzen kann. Man muss also ein Gefühl dafür entwickeln, wann und wie der Kite bewegt wird, um den Druck konstant aufrecht zu erhalten. Da man auf dem offenen Meer fährt, sind die Wellen oftmals gewaltiger, weshalb man parallel damit beschäftigt ist, dass sich das Board nicht im Wasser verkantet und man nicht ständig mit Stürzen beschäftigt ist. Bei meinen ersten Downwinder hatte mich das alles gestresst. Ich war fix und fertig, hatte das Gefühl einen Marathon auf einem Schwebebalken gelaufen zu sein. Schon beim nächsten Mal war das ganz anders. Ich hatte den Eindruck, eins zu werden mit dem Kite. Ein unbeschreibliches Gefühl von Kraft und Freiheit setzte ein. Man erlebt seine Energie so unmittelbar und spürt gleichzeitig, wie sehr man der weit offenen Natur des Meeres ausgeliefert ist. Auf unserem Weg hatten wir immer wieder das Glück Schildkröten zu sehen, die ihren Kopf aus den Wellen streckten, um nach Luft zu schnappen. Ein magischer Moment in dieser endlos blauen Wildnis. Noch nie fühlte ich mich so klar und gleichzeitig so berauscht. Der Tag endete damit, dass wir in einer Strandhütte bei landestypischen Köstlichkeiten und Caipirinha beisammensaßen. Ein Stromausfall machte die Stimmung perfekt, wir saßen im Kerzenschein beieinander, erzählten und erfreuten uns an Geschichten und Eindrücken, welche uns zuteilwurden. An diesem Abend spürte ich zum ersten Mal, dass ich mehr Zeit mit solchen Erlebnissen verbringen wollte. Mehr Zeit mit Menschen teilen wollte, die das einfache Leben lieben und schätzen. Als ich nach Hause fuhr, wurde dieser Wunsch wohl erhört. Mir wurde gekündigt und nach längerem hin und her, beschloss ich entgegen all meiner Ängste, mich als Kommunikationsdesignerin selbstständig zu machen. Mir war klar, dass diese Entscheidung auch finanzielle Einbußen zur Folge haben würde, weshalb teure Kitereisen erstmal nicht drin waren. Aus der Not eine Tugend - ich rief Lisa von der Kiteschule in

Macapà an, um zu erfragen, wie es mit einem Job an der Kitestation bestellt wäre. Ich weiß noch genau was sie sagte: „dich schickt der Himmel, wir suchen Jemanden, der uns organisatorisch an der Station unterstützen kann. Hättest du Zeit? Also nicht nur dieses Jahr, sondern auch im darauffolgenden Jahr, in der Saison für uns zu arbeiten?“ Ich konnte mein Glück nicht fassen und sagte einfach zu.

Wenn Träume Wirklichkeit werden. 2019 und im wörtlichen Sinne „ERNEUT“ Brasilien! Ehrliche Arbeit für ein wenig Geld, interessante Menschen, der Wind, das Meer und eine Sprache, die es nun mit mehr als nur klassischen Touri-Vokabeln zu erlernen gilt. Es fühlte sich diesmal an wie nach Hause zu kommen. Das Unbekannte war zu etwas Bekanntem geworden. Ich erfüllte mir einen Traum, kaufte mir ein Waveboard und begann das Wavekiten zu lernen. Dabei sind die Füße nicht über Schlaufen mit dem Board verbunden, sondern man hält es durch Gegendruck unter sich. Es macht riesen Spaß damit in den Wellen zu cruisen. Ich hatte davon geträumt, den Downwinder mit einem Waveboard zu machen. Das tat ich nun endlich einige Male und wer hätte es gedacht, zu Beginn verlangte es mir viel ab, wurde dann aber immer entspannter und schlussendlich wollte ich nicht mehr zu meinem alten Board zurückwechseln. Ich hatte mich vollkommen von meinen alten Bindungen gelöst. Wann immer ich dabei Schildköten sah, die ihren Kopf aus dem Wasser reckten, musste ich daran denken, wie sehr das Wasser mein Leben verändert hat – nur dadurch, dass ich es zuließ und auch schwer zu akzeptierende Gefühle, wie

Angst, Wut und Ungeduld als Teil dieser Reise anzunehmen lernte.

In diesem kurzen Bericht habe ich über vieles nicht geschrieben: nichts über die mit Worten nur schwer zu beschreibende Freude und Lebenskunst der Einheimischen, nichts über das Aneurysma in meinem Kopf, nichts über die so wohltuend-erdende Kraft dieses kleinen Küstenabschnittes und noch vieles mehr was in dem Ozean meiner Seele verborgen bleibt. Aber bis heute überkommt mich beim Kiten das Gefühl von Ehrfurcht und Dankbarkeit, dass ich dieses Leben – in dem Wasser eine große Rolle spielt – leben darf. Ich habe oft das Gefühl, dass es mir als Lehrmeister vieles beigebracht hat und hoffentlich noch beibringen wird.

Lena Lazer (eig. Lena Laum) ist freie Kommunikationsdesignerin, Projektmanagerin und Konzeptionerin.

Ihren Ausgleich findet Sie beim Reisen, Yoga und Kitesurfen, bei Ausflügen in fremde Kulturen oder in der Einsamkeit der Natur. In ihrer Arbeit und ihrem Leben versucht sie sich auf das Wesentliche zu fokussieren und das Unnötige wegzulassen.
Instagram: lena_lazer

Heute führt sie ein kleines und feines Bed and Breakfast in Italien zwischen dem Gardasee und Verona.
IG: relais_sanmichele
www.relaissanmichele.it

KAPITEL 2

Ans Meer

Mit Kastenwagen & Surfboard nach Frankreich

von Katharina Schmidtke

» Das habe ich noch nie vorher versucht, also bin ich voellig sicher, dass ich es schaffe. «

\- Pippi Langstrumpf

"My Soul is full of longing for the secret of the sea, and the heart of the great ocean sends a thrilling pulse through me."
Henry Wadsworth Longfellow, The Secret of the Sea

Welches Bild hast du als erstes im Kopf, wenn du an das Wort *Urlaub* denkst? Bei mir ist es das Glitzern des Meeres im Sonnenlicht. Und zwar genau der Moment, wenn man das Meer das erste Mal im Urlaub in der Ferne erblickt.

Als Kind bin ich mit meiner Familie im Sommer oft nach Frankreich ans Meer gefahren. Mitten in der Nacht ging es los und wir Kinder haben noch lange auf der Rückbank weitergeschlafen. Nach stundenlanger Autofahrt blinzelte man irgendwann durch die müden Augen und erhaschte einen ersten Blick auf das Glitzern der Wellen.

Da hat für mich immer der Urlaub begonnen. Und das ist bis heute so.

Frankfurt, Ende Juli 2016

"You cannot discover new oceans until you have the courage to lose sight of the shore." André Paul Guillaume Gide

Heute geht es endlich los. Ich blicke aus dem Fenster im Obergeschoss des Hauses meiner Großeltern. Die Sonne geht gerade über dem Taunus auf und ein pinker Nebel liegt über der Landschaft. Unten im Hof steht er, mein kleiner blauer Kastenwagen namens Tommy und wartet gespannt auf seine Jungfernfahrt. Es ist gerade erst einen Monat her, dass ich ihn, einen Renault Kangoo, gebraucht gekauft habe. Ungesehen, blauäugig, nur auf mein Bauchgefühl vertrauend, dass es schon gut gehen wird. Vor zwei Wochen habe ich ihn abgeholt, die Rückbank rausgeworfen und stattdessen ein Bett eingebaut. Mit Opa den Schaumstoff durch die Kreissäge geschoben und mit ihm Tränen gelacht, als es in der Werkstatt begann zu schneien. Tagsüber wurde gesägt, geschraubt und geflucht, nachts ratterte die Nähmaschine über den blauweiß karierten Stoff.

Nun sind wir startklar. Eine Woche Frankreich, die Atlantikküste erkunden und schlafen in der Natur. Die Orte entdecken, die meine Eltern knapp 35 Jahre vorher campend in einem klapprigen Renault R4 bereist haben. Und natürlich Surfen. Dazu hatte mich ein Spontantrip nach Dänemark einige Monate zuvor gebracht und seitdem bin ich angefixt. Zwar immer noch totaler Anfänger – doch motiviert bis in die Haarspitzen. Mit einem großen Pott Kaffee setze ich mich hinter das Steuer, winke Oma und Opa zu und fahre die lange Einfahrt hinab vom Hof. Es ist fast wie früher als Kind, als wir noch hier im Haus wohnten und Richtung Meer aufbrachen. Doch nun sitze ich am Steuer. Einziger Begleiter: mein Van Tommy. Als ich die Autobahnauffahrt der A3 nehme, bin ich aufgeregt und zugegebenermaßen auch etwas nervös. Doch das Abenteuer wartet und dann muss die Komfortzone eben erweitert werden. Der Kilometerstand überschreitet die 100.000 km, ich drehe die Musik auf und brause Richtung Atlantik.
Von wegen. Nach stundenlanger Fahrt durch strömenden Regen und abseits der Mautstraßen, verbringe ich die erste Nacht im Van mitten im Nirgendwo in Frankreich auf einem Campingplatz.

Am nächsten Morgen koche ich im Nieselregen unter einer Plane Kaffee und träume vom Ozean, den Wellen und der Sonne. Zeitig mache ich mich auf den Weg nach Bordeaux. Ich freue mich auf die französische Stadt, die Architektur und den Rotwein, doch bereits nach knapp 2 Stunden breche ich meinen Stadtrundgang ab. Das Meerweh ist zu groß, die Wellen rufen und ich lege die letzte Etappe zum Atlantik mit strahlendem Sonnenschein zurück.

Sehnsucht nach Meer

"To hell with luck. I'll bring the luck with me."
Ernest Hemingway, The Old Man and the Sea.

Am frühen Abend erreiche ich endlich die Küste in Lacanau. Der Plan: ein idyllisches Plätzchen finden, am besten nah am Strand und dort das Nachtlager einrichten. Rückblickend total naiv. Lacanau ist eine Touristen-Hochburg und es wimmelt von Menschen, Hotelanlagen und riesigen 5-Sterne-Campingplätzen. Trotz erster Zweifel fahre ich zur Orientierung erst einmal an den Strand: den ersten obligatorischen Blick auf das Meer werfen. Ich finde einen Parkplatz unweit der Düne und entdecke dort ein Verkehrsschild, das mich auf meiner restlichen Reise begleiten wird: ein Halteverbotsschild für den Zeitraum von 20 bis 6 Uhr. Also für genau solche Reisenden wie mich, die versuchen, sich aus einem Parkplatz einen Stellplatz zu zaubern. Also verlasse ich das Örtchen und versuche die nächstgelegene Straße zum Meer zu finden. Irgendwo wird sich dann schon ein geeignetes Plätzchen finden lassen. Der erste Versuch endet jäh vor einer Schranke zu einem monströsen Campingplatz. In einem Anflug von Vorsicht möchte ich sicherheitshalber nach einem Stellplatz fragen. Die Rezeption gleicht dem Foyer eines schicken Wellnesshotels und insgeheim bin ich froh, dass der Platz ausgebucht ist. Noch. Auf der Landstraße nach Norden biege ich in jede der rar gesäten Wege Richtung Meer ein. Doch sie alle stellen sich als sandige Fußwege heraus. Ich verabschiede mich langsam von einem Nachtlager am Meer und liebäugle mit einer der Haltebuchten direkt an der Landstraße. Nicht idyllisch, aber besser als nichts. Als ich in einer dieser Parkbuchten einen VW-Bus erblicke, setze ich erleichtert den Blinker, um mich zu ihm zu gesellen. Ich klopfe an die halboffene Bustür, um kurz „Moin“ zu sagen. Heraus lugt ein halb bekleideter, älterer Herr und schaut mich fragend an. Ich versuche vergeblich mit Englisch und wenigen Brocken Französisch zu erfragen, ob man hier stehen darf. Die Antwort bleibt aus, zurück bleibt dafür ein mulmiges Gefühl.

Ich fahre weiter. Ich bin frustriert, fühle mich allein und mit der Situation total überfordert. Mittlerweile habe ich sogar den ein oder anderen teuren Campingplatz angesteuert, doch alle sind ausgebucht. Vielleicht sollte ich einfach das nächste Hotel ansteuern und am nächsten Tag wieder nach Hause fahren. Am Ende entdecke ich dann aber doch noch einen einfachen offiziellen Stellplatz für Wohnmobile. Er liegt zwar direkt an der Landstraße und ist weit weg vom Meer, doch ich bin einfach nur froh, überhaupt etwas gefunden zu haben. Enttäuscht über den miesen Start und den verpassten Sonnenuntergang am Meer, verkrieche ich mich in meiner Koje. Soviel zu Abenteuer, Freiheitsgefühl und Urlaub am Meer.

Mein Dickkopf und die Kraft des Meeres

Dear Ocean, thank you for making us feel tiny, humble, inspired and salty. All at once. Daily Hustle

Am nächsten Morgen werde ich vom Vogelgezwitscher wach. Ich blinzle durch das offene Dach hinauf in die Kronen der Pinien und denke: „Kaffee!". Doch statt zum Kochtopf, greife ich kurzentschlossen doch zum Autoschlüssel und fahre im Schlafshirt zum Strand. Ich muss jetzt endlich ins Meer.

Während der Kaffee zieht, hole ich das Board vom Dach, schraube Finnen an und befestige die Leash. Noch eine Schicht Wachs drauf, rein in den Neoprenanzug und los geht's. Natürlich hätte ich eigentlich erst nach den Bedingungen schauen sollen, doch der Dickkopf will nun surfen. Am Ende wird aus der morgendlichen Surfsession eine Stunde Paddeln ohne eine einzige Welle. Das Salzwasser zeigt dennoch seine Wirkung. Die Laune ist schon wieder besser und mit neuem Abenteuerdrang fahre ich zur Bucht von Arcachon. Ich erinnere mich nur noch an wenig von den Urlauben in Frankreich als Kind. Doch der Ausblick vom Leuchtturm am Cap Ferret und die riesige Dune du Pilat haben sich eingeprägt. Zwanzig Jahre später stehe ich nun wieder auf dem Turm und genieße die grandiose Aussicht. Man kann die große Düne am gegenüberliegenden Ende der Bucht von hier aus schon erkennen, doch sie muss noch ein paar Stunden auf mich warten.

Erstmal zieht es mich zurück ins Meer – diesmal mit dem SUP. Vom Leuchtturm habe ich eine lange Sandbank in der Bucht entdeckt und genau diese möchte ich nun umfahren. Zwischen den ankernden Booten paddle ich durch die Lagune zwischen Strand und Sandbank. Während ich das Ende umfahre wird es plötzlich ganz schön wacklig. Die Schiffe, die auf der anderen Seite der Sandbank durch die Bucht fahren, produzieren einen nicht unerheblichen Wellengang. Absurd, wenn man bedenkt, dass ich heute Morgen vergeblich auf eine Welle gewartet habe. Die Runde um die Sandbank möchte ich dennoch fahren, also setze ich mich eben hin und funktioniere das SUP zum Kanu um. Die schmunzelnden Blicke der vorbeifahrenden Segler ignoriere ich gekonnt und mit kräftigen Paddelzügen erreiche ich bald schon das andere Ende der Sandbank. Einziges Problem: die Sandbank ist doch mit dem Festland verbunden und vor mir liegt kein Wasserweg, sondern Strand. Nun gut, dann wird eben wieder zurück gepaddelt. Kein Problem. Wäre da nicht die Strömung Richtung offenem Meer. Ich fühle mich an eine Fahrradtour als Kind erinnert, bei der wir auf dem Hinweg mit Rückenwind kilometerweit gefahren waren und auf dem Rückweg hatten wir dann den Salat. Meine Eltern mussten mich mit Keksen bestechen, damit ich gegen den Wind zurückstrampelte. Leider lockt hier gerade keiner mit Keksen, auch wenn mir einige Franzosen mitleidig ihre Hilfe anbieten. Doch die Blöße gebe ich mir nicht und paddle lieber weiter auf der Stelle. Erst als sich meine Arme anfühlen wie Gummi und gerade keiner hinschaut, biege ich ab Richtung Sandbank.

Ihr vorgelagert befindet sich eine Austernzucht-Station bestehend aus langen Tischen, die in Reih und Glied von der Sandbank abstehen wie Sonnenstrahlen. Die Tische sind etwa einen halben Meter hoch und tragen grobmaschige Säcke, in denen die begehrten Muscheln heranwachsen. Vorsichtig gleite ich durch die schmalen Gänge, während rings herum lange Holzpfähle gen Himmel ragen. Der Trubel, die Wellen und die Strömung liegen hinter mir, vor mir eine spiegelglatte Oberfläche. Das Wasser ist flach und bald schon hängt die Finne des SUP im Sand. Ich genieße noch eine Weile die surreale Szenerie und gebe Armen und Lunge ein bisschen Erholung. Über den brennend heißen Sand trage ich das SUP auf die andere Seite der Sandbank und lasse mich schlagkaputt in mein fahrendes Zuhause fallen. Nachmittags erkunde ich die Küste der Bucht, schlürfe frische Austern in einem einfachen Restaurant und spaziere durch das herausgeputzte Seebad Arcachon.

Am Abend erreiche ich die Dune de Pilat, ein monströser Sandhaufen, der bis zu 110 Meter hoch, 500 Meter breit und 2,7 Kilometer lang ist. Auf einem Campingplatz ergattere ich einen Stellplatz ganz am Ende des Areals. Wie in der ersten Reihe im Kino, ragt die Düne vor mir als riesige Wand hinauf zum Himmel. Die Sonne verschwindet bereits auf der anderen Seite und so krabble ich den steilen Hang hinauf. Oben angelangt, präsentiert sich mir ein traumhafter Blick auf die weitläufige Bucht von Arcachon und das Meer. Die Sonne taucht den Sandriesen in ein leuchtendes Orange und ein Paraglider schwebt vor mir zu Boden, nur um sich einen Moment später wieder in die Lüfte zu schwingen. Er gleitet in den Sonnenuntergang und mein Blick schweift über die riesige Wasserfläche. Von hier oben sieht es so friedvoll und ruhig aus – kaum vorstellbar, welche Kraft in der blauen Masse schlummert.

The Surfer Life und die Schönheit des Meeres

"The beauty and mystery of the ocean, fills our lives with wonders, vast beyond our imagination."
M. L. Borges, By the Sea

Mein Schlaf wird unterbrochen von Gegröle und Musik der Karaoke-Bühne am anderen Ende des Campingplatzes. Man muss hierfür wissen, die Franzosen lieben Camping und bereisen dabei am liebsten ihr eigenes Land. Allerdings ist der Geschmack unserer Nachbarn beim Camping ähnlich exquisit wie beim Essen: ausgefallen, teuer und eine Menge Chichi. „The simple Life" sucht man hier vergebens.

Am nächsten Morgen geht es weiter nach Süden. Biscarrosse wird mein nächstes Ziel. Für Touristen bietet die Stadt nicht viel, doch unter Surfern ist sie umso beliebter. Ich steuere einen der drei Strände an und werfe mich in die Wellen. Die Surfzone befindet sich direkt neben einer vollgepackten Schwimmerzone und ein französischer David Hasselhoff steht mit Trillerpfeife am Strand, um jeden Surfer zu maßregeln, der sich seinen Schützlingen nähert. Die Strömung zeigt sich von seinem Regime und meinen müden Armen herzlich unbeeindruckt. Die Pfeife trillert aufgeregt, David fuchtelt aufgebracht herum und ich hebe nur entschuldigend die Arme. „Pardon monsieur“, aber ich geb‘ hier echt mein bestes. Bevor mir Pfeife oder eine rote Schwimmboje entgegenfliegen, verdrücke ich mich lieber und sage dem Meer vorerst „à plus tard“.

An einem See südlich von Biscarrosse entdecke ich einen schönen Picknickplatz. Seine Zufahrt wird von zwei Pollern begrenzt, die nur schmaleren PKWs Zutritt ermöglichen. Nun erweist es sich als großer Vorteil, dass ich einen schmalen Kastenwagen und keinen Bulli fahre. Mit eingeklappten Außenspiegeln passe ich gerade so hindurch und finde einen perfekten Platz am Ufer des Sees. Mit Blick auf das spiegelglatte Wasser zaubere ich mir einen Wrap, lese ein paar Seiten und lasse die Gedanken schweifen. Lange sitzen kann ich allerdings nicht, die Hummeln im Hintern sind schuld. Mit dem SUP lege ich noch einige Meter auf dem See zurück und genieße die Ruhe. Auf einem idyllischen Kanal gleitet das lange Board über das Wasser, bunte Libellen huschen vor mir her und das einzige Geräusch ist das des Paddels, wie es durch die Wasseroberfläche stößt.

Zurück am Auto suche ich im Internet einen bezahlbaren Campingplatz und reserviere telefonisch einen Platz. Von der stressigen Suche und dem Klinken putzen bei den Rezeptionen habe ich die Nase nämlich voll. Als ich mich gerade wieder zwischen den beiden Pollern durchzwängen möchte, kommt mir ein Schlachtschiff entgegen: ein alter VW Westfalia „Sven Hedin" mit H-Kennzeichen inklusive Dachbox und einer Armada an Surfbrettern am Heck. „Schön – aber der kommt hier wohl kaum durch", denke ich noch, als die Fahrertür aufschwingt und eine junge Frau in meinem Alter heraushüpft. Sie ist noch kleiner als ich, also keine 1,60 Meter groß, und gibt neben ihrem großen Wohnmobil ein cooles Bild ab. Das weiß sie wahrscheinlich auch selbst und kommt lässig auf mich zugesprungen. Maja heißt sie, kommt aus Süddeutschland und reist gerade mit zwei Jungs aus der Schweiz durch Frankreich. Sie haben einen einfachen Stellplatz im Norden von Biscarrosse gefunden und laden mich ein, mich ihnen anzuschließen. Die drei sind mir auf Anhieb sympathisch und so werfe ich die Campingplatzreservierung über den Haufen und komme mit.

Maja fährt bei mir mit und bis wir das Ziel erreicht haben, kenne ich ihre halbe Lebensgeschichte. Sie ist ein großer Frankreich-Fan, wie auch unschwer an ihrer schräg sitzenden Baskenmütze und dem französisch geflochtenen Zopf zu erkennen ist. Die beiden Jungs, beide etwa doppelt so groß wie sie, hat sie voll unter ihrer Fuchtel. Der Stellplatz ist eine riesige Fläche in einem Pinienwald, nur wenige Minuten vom Meer entfernt.

Er ist zwar riesig und voll, doch mit den vielen Bäumen und dem Waldboden ist es dennoch idyllisch. Zwischen Bussen und Bäumen richten wir uns häuslich ein und öffnen das erste Bier. Dose in der Hand und Longboard unter den Füßen, cruisen wir durch Biscarrosse zum Hauptstrand. Eine neue Leash für Maja und ein bisschen Surfwachs für die Jungs ist schnell gekauft. Auf dem Rückweg noch kurz in den Supermarkt, Grillfleisch, Wein und was man sonst noch so braucht.

Zurück im Camp machen wir es uns gemütlich, schnippeln, brutzeln, quatschen und leeren dabei die ein oder andere Flasche Rotwein. Wir liegen tief zurückgelehnt in unseren Stühlen und blicken hinauf in den Sternenhimmel. Sternschnuppen sausen über die Kronen der Pinien hinweg und wir rennen aufgedreht zum Meer. Leuchtende Gischt im hellen Mondlicht. Kleidung im Sand. Übermütiges Lachen im Wasser. Fluoreszierende Spritzer, wie Glitzer auf der Haut. Ein Strudel aus Abenteuer und Freiheit.

Meer Pause

"When I take off on a wave, poised on a sliver of surfboard, I am both fish and bird. On each occasion of bliss and fear, I am educated into the complex ways of the sea – a constant lesson in mindfulness." Sam Bleakley, Mindfulness and Surfing

Wie immer wache ich am nächsten morgen früh auf. Während meine drei Camp-Nachbarn noch tief und fest in ihrem Wohnmobil schlafen, frühstücke ich gemütlich, packe alles zusammen und sitze am späten

Vormittag fertig zum Surfen vor meinem Auto. Endlich regt sich gegenüber etwas und der erste zerzauste Kopf schaut müde aus der Tür. Mit einem kleinen Tritt in den Hintern sind wir bald startklar. Obwohl sie verdammt steil sind, stehe ich heute die ein oder andere Welle. Ein unglaubliches Gefühl der Schwerelosigkeit, das auch den fiesesten Kater vertreibt. Doch mindestens genauso oft fliege ich vornüber, fahre Waschmaschine und tauche prustend am Strand auf. Höhepunkt ist ein Moment, in dem sich das Board im Anpaddeln einmal um die eigene Achse dreht und die Finnen plötzlich nach oben zeigen – mit mir immer noch darauf. Im Nachhinein nicht nachvollziehbar, mit welch akrobatischer Meisterleistung ich diesen Trick fertiggebracht habe, aber immerhin schlitze ich mir weder Neoprenanzug noch Haut auf. Dennoch sind es diese Situationen, die einen mit einer extra Portion Respekt vor dem Meer, dem Sport und der eigenen Tollpatschigkeit am Strand ausspucken.

Nach unserer gemeinsamen Surfsession verabschiede ich mich von Maja und den Jungs und setze meine Tour gen Süden fort. Nächstes Ziel ist Mimizan. Ich lasse das Zentrum links liegen und fahre – wie immer – erstmal zum Meer. Ein Sandwich in der Hand und den Blick auf die Küste, schmunzelnd über die vielen Surfanfänger, die sich ähnlich in den Wellen abkämpfen, wie ich noch vor einer Stunde. Ich für meinen Teil bin platt und brauche Ruhe – etwas, das man an Frankreichs Surfstränden vergeblich suchen wird. An einem See finde ich einen einfachen zwei-

Sterne Campingplatz – zu meiner Freude ganz ohne Chichi und direkt am Ufer.

Mit dem SUP paddle ich zur Mitte des beinah leergefegten Sees und lasse mich auf dem Rücken liegend umhertreiben. Am Abend koche ich gerade eine große Portion Nudeln mit Pesto, als sich meine neuen Camp-Nachbarn zu mir gesellen. Alex ist Deutscher und Joris Holländer und die beiden sind gemeinsam mit Fahrrad und Zelt unterwegs. Und zwar seit Groningen. Sie zelten, wo immer sie abends vom Rad fallen und nur ganz ausnahmsweise auf einem Campingplatz. Dass ich bisher noch keinen Platz zum Wildcampen gefunden habe, können sie nicht verstehen. Da wir dasselbe Ziel für den nächsten Abend haben, verabreden wir uns zur gemeinsamen Stellplatzsuche.

Bett mit Meerblick

"The sea possesses a power over one's moods that has the effect of a will. The sea can hypnotize."
Henrik Ibsen, The Lady from the Sea

Am nächsten Tag geht es nach Biarritz. Hier beginnt das Baskenland und die Landschaft verändert sich schlagartig. Haben mich die letzten Tage vor allem Pinienwälder, sandiger Boden und weitläufige Strände begleitet, erwarten mich nun hügelige Ausläufer der nahen Pyrenäen und eine felsige Küste. Biarritz selbst bildet mit seinen weißen Jugendstilfassaden und herausgeputzten Cafés einen herrlichen Kontrast zur schroffen Umgebung. Ich schlendre durch die kleinen Gassen und spaziere den Küstenweg entlang. In einer

Bucht leuchtet türkisblaues Wasser, so klar, dass man von weitem nicht erkennen kann, ob die Felsen unter der Wasseroberfläche liegen oder hinausragen. Auf der anderen Seite des Zentrums liegt der große Stadtstrand von Biarritz und ich geselle mich mit meinem Surfboard zu den vielen anderen Surfern. Es ist so warm, dass ein Bikini reicht und die Wellen sind perfekt: nicht zu steil, aber hoch genug, um in Fahrt zu kommen. Ich erwische einige Wellen und feiere neue Erfolgserlebnisse. Doch es wird immer voller und teilweise kann man kaum das Board drehen, ohne ein anderes zu rammen. Als mir beim Rauspaddeln zwei Surfbretter gleichzeitig entgegenfliegen, erkläre ich die Surfsession für mich als beendet.

Zufrieden verlasse ich Biarritz nach Süden und während ich eigentlich auf Campingplatzsuche bin, entdecke ich ganz zufällig einen Parkplatz, auf dem sich einige Bullis tummeln. Auf der kleinen Wiese werden aus einem alten VW T2 Cocktails verkauft und chillige Musik erfüllt die abendliche Luft. Ich ergattere einen Platz in letzter Reihe. Von meinem Bett blickt man direkt auf die Bucht und das Meer. Es wäre perfekt. Neben mir steht ein weißer Bulli mit Hannoveraner Kennzeichen. Er gehört Lena, die gerade ihre Kochutensilien herausholt. Ob man hier wohl stehen könne über Nacht, frage ich sie. Kann man – sie steht hier schon fast den ganzen Sommer. Ich bin begeistert!

Während ich den Grill anfeure, trudeln die beiden Radfahrer ein und bauen ihr Zelt auf der Wiese auf. Auf der anderen Seite parkt ein Paar aus Köln, die gerade von einem Surftrip an der spanischen Küste zurückkommen. Sie schwärmen von Zarautz und Saint-Sébastien. Die Radfahrer schimpfen über die Berge. Ich lache und genieße. Es wird ein langer Abend mit perfektem Sonnenuntergang am Strand, lustigen Anekdoten von Reisen und dem steten Rauschen des nahen Meeres.

Glücklich kuschle ich mich in meinen gemütlichen Van, fühle mich darin schon richtig Zuhause. Aus meinem Schlafzimmerfenster blicke ich auf den Ozean, während über mir die Sterne funkeln. Ich bin angekommen.

Hin und wieder zurück

Life is like the ocean. It can be calm or still, rough or rigid, but in the end, it is always beautiful. Justice Cabral

An diesem Stellplatz endet mein Frankreich-Trip.

Am nächsten Tag schaue ich mir noch kurz Saint-Sébastien an, doch abends fahre ich wieder zurück zu dem perfekten Parkplatz mit Meerblick. Von hier aus trete ich nach einer Woche Frankreich die Heimreise an.

Nur eine Woche – sie kam mir vor wie ein ganzer Monat. Die erste Reise allein, mit Höhen, Tiefen und intensiven Momenten, die sie zu einer ganz besonderen Erfahrung gemacht haben.

Was ich zu diesem Zeitpunkt noch nicht weiß: nur wenige Tage später werde ich meinen liebsten

Reisebegleiter kennenlernen. Gemeinsam werden wir durch Südostasien und Südamerika reisen, bis wir drei Jahre nach meiner Frankreich-Tour zu meinem Parkplatz zurückkehren werden. Von dort aus erkunden wir Saint-Sébastien, Zarautz und alles was dahinterliegt. Aber das ist eine andere Geschichte.

Moin moin! Ich bin Kate, lebe in Hamburg und schreibe seit meiner Fahrt nach Frankreich auf meinem Blog *Katetravels* über Reisen, Vanlife, Surfen und Yoga.

Aufgewachsen in einer reiseverrückten Familie, bin ich stetig auf der Suche nach neuen Eindrücken und Abenteuern.

Egal ob mit Van, Rucksack oder Flugzeug – Hauptsache unterwegs. Immer im Gepäck: Mindestens eine Kamera und ein Notizbuch, um die schönsten Momente festzuhalten. Ob entfernte Kontinente oder europäische Küste, die kleinen und großen Abenteuer möchten erzählt werden. Natürlich verrate ich dabei auch meine persönlichen Tipps. Wenn du mehr Infos oder Bilder zu meiner Frankreich-Tour suchst, findest du sie ebenfalls auf meinem Blog.

Auch wenn 2020 kein großes Reisejahr war, warteten noch einige Abenteuer auf mich. Also schau doch mal vorbei!

www.katetravels.de

KAPITEL 3

In Nicaragua werden Träume wahr

von Valeska von Karpowitz

» Der verlorenste aller Tage
ist der, an dem man
nicht gelacht hat. «

– Nicholas Chamfort

Der Sonnenuntergang war einfach fantastisch. Das Meer lag in einem sanften, rötlichen Schimmer und die Spitzen der Wellenberge funkelten wie abertausende Diamanten. Jede Bewegung der Meeresoberfläche versetzte mich in Staunen und Ehrfurcht vor den Schätzen der Natur. Die Stimmung im Wasser war gelöst, jeder war glücklich mit allem wie es war. Ich saß mit einem breiten Lächeln auf meinem Surfboard und bestaunte das sagenhafte Spektakel, das die Natur zur Schau stellte. Im Rücken leuchtete der, von einem tiefblauen Schleier umgebene, Vollmond. Der restliche Himmel war in ein fröhliches rot-rosa-orange-gelbes Lichtspiel getaucht. Ich war angekommen und alles in mir wollte genau hierbleiben.

Mit einer meiner besten Freundinnen, mit der ich ein Jahr vorher im Surfcamp gearbeitet hatte und noch einem Freund, waren wir in Nicaragua unterwegs. Drei Wochen lang hatten wir Zeit, um die schönsten Wellen und Surfspots entlang der Pazifikküste zu entdecken und die nicaraguanische Surfkultur näher kennenzulernen. Für mich war es das erste Mal in Nicaragua, daher war ich besonders gespannt auf Land, Leute und Wellen.

Nach einer Nacht in Managua traf ich meine Freunde, um mit dem gemeinsamen Mietauto nach El Tránsito aufzubrechen. Der ersten Surf-Session stand ich wie immer gespannt gegenüber, da ich als „landlocked"-Surfer schon länger nicht mehr auf einem Surfboard stand. Allein wieder auf dem Board liegen und die Arme ins Wasser tauchen zu können, löste sämtliche Glücksgefühle in mir aus, sodass kommen konnte was wolle. Es ging durch die mir entgegen rollenden Wellen hindurch und da saß ich: Im badewannenwarmen Wasser von Nicaragua mit den schönsten Wellen, die ich bisher gesehen hatte. „Ich kann es noch!“ jubelte ich laut, nachdem ich gleich darauf zwei schöne Wellen nahm. Da ich erst seit einem Jahr surfte und die meiste Zeit davon nicht im Wasser verbrachte, war es für mich ein persönliches Großereignis.

Am nächsten Tag hatten wir eine ungeplant längere Fahrt nach El Astillero vor uns. Ein unpassierbarer Fluss versperrte uns kurz vor dem Ziel den Weg.

Nachdem wir eine Weile dort standen und überlegten, ob wir die Durchquerung wagen sollten, allerdings ausschließlich 4W-Drives beobachteten, die sich durch das tiefe, matschige Hindernis kämpften, entschieden wir uns dagegen. Während wir noch nach einer Alternativroute suchten, machten wir Bekanntschaft mit einem weiteren Flussopfer, Jeremy aus Amerika. Er sollte Chrissy und mir in der nächsten Zeit ans Herz wachsen und unser persönlicher Schutzengel werden. Ohne Jeremy, aber mit einer Alternativroute im Gepäck, hieß es für uns zwei Stunden auf derselben Dirt Road zurückfahren. Am Abend erreichten wir nach langer Vorfreude endlich unseren Homestay und nach einer verzweifelten Suche, fanden wir im Dorf auch noch etwas Essbares.

Popoyo ist einer der bekanntesten und schwierigsten Surfspots in Nicaragua, wie ich mittlerweile weiß. Ich lernte ihn als gnadenlose Waschmaschine kennen. So viele und vor allem heftige Schleudergänge, hatte ich bisher noch nicht erlebt. Die Wellen waren größer als alles andere was ich bisher gesurft habe. Nichtsdestotrotz wagte ich mehrmals den Versuch, eine der Wellen zu bezwingen, was so gut wie immer in einem ordentlichen Waschgang endete. Tatsächlich geriet ich noch in eine äußerst kritische Situation, in der ich meinte, dass es hier für mich enden würde: Nachdem ich eine Weile den anderen Surfern zugesehen hatte, wie sie Welle um Welle nahmen, brachte ich erneut den Mut auf und wagte mich in die nächste heranrollende Welle. Das Adrenalin durchjagte meinen Körper, doch im nächsten Moment breitete sich ein ungutes Gefühl in mir aus. Ich verlor die Kontrolle und spürte wie mich die aufgetürmten Wassermassen mit voller Kraft unter Wasser drückten und wild durcheinander wirbelten. Ich verlor komplett die Orientierung. Machtlos war ich der übermenschlichen Stärke der Welle ausgesetzt.

Als der Druck und die Geschwindigkeit abnahmen, schwamm ich so schnell es ging zur Wasseroberfläche. Doch da sah ich bereits den nächsten Wellenberg, der in diesem Moment auch schon auf mich niederbrach. Ich war überrascht und voller Panik zugleich. So eine Wucht, die auf meinen Körper niedergeschmettert war, hatte ich bisher noch nicht gespürt. Nachdem ich nach der mittlerweile fünften Welle wieder auftauchte und verzweifelt nach Luft schnappte, war ich mir sicher, dass die nächste mein Ende bedeuten würde. In dem Moment wurde mir klar, dass ich jetzt um mein Leben paddeln müsste. Denn für einen Augenblick hatte ich freie Bahn, bevor das nächste Wellen-Set eintraf. Vollkommen geschwächt und schwer atmend, schaffte ich es mit letzten Kräften aus der Impact Zone und an den sicheren Strand. Noch völlig perplex was passiert war, saß ich im warmen Sand und schaute den Profis zu, wie sie grazil die Wellen entlang ritten. Das sollte mir eine Lektion gewesen sein.

Was ich vorher nicht wusste, mir aber am nächsten Tag klar wurde: Unweit entfernt, befand sich der fußläufig erreichbare Anfängerspot am Magnific Rock, auch Beginners Bay genannt. „Hätte ich das mal vorher gewusst", schoss es mir nur durch den Kopf. Doch wie ich mittlerweile weiß, wäre mir ohnehin früher oder später eine leichtsinnige, leicht lebensmüde Aktion passiert. So ist das eben mit dem Kennenlernen der eigenen körperlichen und mentalen Grenzen. Ich hatte offensichtlich wenig Ahnung wo sich meine befanden und habe mich deshalb maßlos überschätzt. „Übermut kommt vor dem Fall", heißt es ja so schön und trifft es ziemlich genau. Der Unterschied zu Popoyo hätte in der Beginners Bay nicht größer sein können. Langsam brechende und kleinere Wellen erlaubten eine sehr entspannte Session und ließen den Schock des Vortages vergessen. Überraschend gesellte sich Marc dazu, ein Freund, der damals Gast im spanischen Surfcamp war. Für den Rest unserer Reise begleitete er uns und sorgte, neben einem ausgeglichenen Frauen-Männer-Verhältnis, für viel Spaß und tolle Gespräche.

Da Chrissy und ich gerne etwas Mädelszeit verbringen wollten, setzten uns die Männer beim Campingplatz am Magnific Rock ab, wo wir zwei Nächte bleiben wollten. Als wir uns im Hängematten-Areal zu den anderen Gästen gesellten, lernten wir alle schnell kennen und fühlten uns schon nach kurzer

Zeit pudelwohl. Unser Zelt war umgeben von Bäumen und viel Grün. Ohnehin war alles so natürlich, bunt und mit viel Liebe hergerichtet. Neben der Freiluft-Dusche, die mit künstlerischen Elementen übersät war, gab es überall etwas zu entdecken. All das und vor allem der Spaß, den wir zusammen hatten, tröstete über die vielen Moskitos und unser verschimmeltes Zelt hinweg. So viel wir konnten, surften wir in der Beginners Bay, wo es die perfekten Wellen für mich gab. Unseren Augen konnten wir kaum glauben, als wir Jeremy, den wir bei der gescheiterten Flussüberquerung kennengelernt hatten, im Wasser begegneten. Mit seinem neon-grünen Board war er kaum zu übersehen. Zu dritt hatten wir eine riesen Gaudi und da Jeremy für längere Zeit am Magnific Rock bleiben wollte, trafen wir uns regelmäßig wieder.

Aus einem unverständlichen Grund hatten Chrissy und ich nicht daran gedacht, für die Tage auf dem Campingplatz einzukaufen. Die Jungs waren mit dem Auto längst über alle Berge und so ernährten wir uns vor allem von unseren übrig geblieben Snacks. Wenn wir nicht zu faul gewesen wären, hätten wir rein theoretisch auch bis zum nächsten Dorf laufen können, doch wir waren uns einig, dass wir auch so gut zurechtkommen würden. Nach der nächsten ausgedehnten Surfsession hatten wir allerdings einen so riesen Hunger, dass selbst unsere übrigen Nahrungsvorräte nicht ausreichten. Von Hunger geplagt, statteten wir dem einzigen, allerdings hochpreisigen, Restaurant auf dem Magnific Rock einen Besuch ab. An Stil und Ausblick war das Restaurant nicht zu toppen und auch das Essen sah unglaublich lecker aus. Das Problem war nur, dass Chrissy und ich für gewöhnlich low budget unterwegs sind. In der Hoffnung auf einen günstigen Snack, studierten wir ausgiebig die Speisekarte – leider erfolglos. Chrissy bestellte sich notgedrungen eine Coke, die Nahrungssuche wollten wir erst einmal auf später verschieben.

„Ihr schaut aus wie der Tod höchstpersönlich", weckte uns Jeremy aus unserem geistigen und körperlichen Sparmodus. Den Energieverbrauch maximal zu reduzieren, schien zunächst eine gute Idee. Doch spätestens als Jeremy wieder verschwunden war und wie aus dem Nichts eine Zitronentarte vor uns auftauchte, war uns klar, dass es an der Zeit war, unsere Energiespeicher zu füllen. Wie versessen fielen wir über die Tarte her, die abgöttisch gut schmeckte. Als wir Jeremy beim Surfen wiedersahen, fielen wir ihm zur Begrüßung überschwänglich um den Hals und überhäuften ihn mit sämtlichen Dankesworten, die uns in den Sinn kamen. Vollgepumpt mit neuer Energie, genossen wir gemeinsam eine wundervolle Sunset-Session und fühlten uns wie Königinnen.

Als Chrissy und ich uns anschließend frisch geduscht gegenüberstanden, mussten wir laut loslachen. Erneut hatten wir unser Nahrungsproblem vollkommen ausgeblendet und hatten schon wieder keine Ahnung wie wir unseren Bärenhunger stillen sollten. Kaum zu glauben, aber wie gerufen, kam ein Junge angeradelt, der mit Fleischpampe gefüllte Maisfladen verkaufte. Unsere Rettung! Da wir beide kein Fleisch essen, sortierten wir es akribisch aus, worüber sich die

Katzen sehr freuten. Zwar wurden wir den ekelhaften Geschmack von vermeintlichem Katzenfutter, der dem Fladen nach wie vor anhaftete, nicht los, aber unser Hunger ließ uns das halbwegs vergessen.

Ohne darüber ein Wort an Jeremy verloren zu haben, überraschte er uns am nächsten Morgen mit den saftigsten Brownies, die ich jemals gegessen habe. Unsere Augen leuchteten und wir machten uns genüsslich über sein Präsent her. Eine geniale Surf-Session und sehr gutem sowie preiswerten Essen bei einem erschienen Food-Truck später, gingen wir zurück zu unserem Schimmel-Zelt. Auf unserer Luftmatratze und Decke mit immerhin frischer Herzchen-Bettwäsche, hatten wir den Spaß unseres Lebens. Wir alberten herum und erzählten uns Geschichten aus unserer Zeit im Surfcamp. Da fiel mir mit einem Mal ein, dass ich ja noch einen Notreserve Nüsse in meiner Tasche hatte, die wir mit großem Wohlgefallen verschlungen. Eine kurze Hängematten-Session später und zurück am Zelt, mussten wir irritiert feststellen, dass sich eine Ameisenstraße vom Eingang aus entlang der ganzen Zeltseite bis auf unser Bett gebildet hatte. Entlang derer entdeckten wir den Abtransport unserer übrig gebliebenen Krümel.

Nachdem wir die Ursachen allen Übels entfernt hatten, beschlossen wir noch eine Smoothie-Pause einzuschieben, um der Ameisentruppe genügend Zeit zu geben, das Feld friedlich zu räumen. Der Plan ging auf und so konnten wir ungestört die letzte Nacht verbringen, bevor es weiter Richtung Süden ging.

Uns führte es nach El Gigante, einem kleinen, idyllischen Fischerörtchen. Die Fahrt bis zu unserer

Unterkunft stellte sich als kleines Abenteuer heraus, denn der Steilheitsgrad brachte unser Auto an dessen Limit. Überhaupt gibt es in Nicaragua wenig befestigte Straßen, lediglich größere Städte sind mit einer asphaltierten Straße verbunden. In den meisten Fällen fährt man auf Dirt Roads, die bei Regenfall nicht ungefährlich sein können. Nach einigen Versuchen fand unsere männliche Begleitung tatsächlich einen geeigneten Parkplatz, der allerdings nichts mit einem normalen Stellplatz zu tun hatte, so wie man es aus Deutschland kennt. Wäre ich allein mit dem Auto unterwegs gewesen, wäre ich nicht so wagemutig gewesen, denn der Hang fiel unmittelbar auf der Fahrerseite steil ab.

Nachdem wir unsere Sachen in den Schlafsaal geworfen hatten, machten wir uns sofort auf zu einer Sunset-Session, die alles Bisherige übertraf. Ich hatte wenige, aber sehr schöne Wellen, doch mein Glückshormonausstoß erreichte beim Sonnenuntergang seinen Höhepunkt. Die Farbpalette reichte über rot, orange, pink und gelb bis hin zu verschiedenen Blautönen und noch viel viel mehr. Die Sonnenstrahlen spiegelten sich in dem sich wiegenden Farbenmeer, was mir vollkommen die Sprache verschlug.

Wie all die darauffolgenden Tage auch, standen Chrissy und ich frühmorgens auf, um die Ruhe und Schönheit einer Morgen- Session auszukosten. Es ist überhaupt faszinierend, welch unterschiedliche Stimmungen während eines Tages an ein und demselben Ort herrschen. Daher mag ich es besonders gerne, länger an einem Ort zu bleiben. El Gigante sollte fortan mein persönlicher Lieblingsort werden, was auch mit einer unvergesslichen Begegnung zu tun haben könnte, doch dazu später mehr. Von Tag zu Tag merkte ich, wie ich den Spot allmählich zu verstehen begann. Von da an konnte ich immer mehr Wellen nehmen und meine Surfskills begannen sich zu verbessern. Beim Surfen lernte ich außerdem viele liebe Leute kennen: Schweizer, Deutsche und Amerikaner. Besonders fielen mir aber die vielen hilfsbereiten, unglaublich freundlichen und lustigen Locals auf. Die immer ausgelassene Stimmung war eine Besonderheit, denn es wurde ständig gejubelt und aus Freude über schöne Wellen, egal von wem, Beifall gepfiffen.

Ein Local gewann ganz besonders meine Aufmerksamkeit. Er lächelte ununterbrochen und spaßte mit allen herum. So kamen wir ins gegenseitige Blickfeld und unterhielten uns fortan angeregt, während wir zwischendrin immer wieder eine Welle nahmen. Als ich später das Wasser verließ, paddelte er wie zufällig mit ans Ufer. „Du kannst die Abkürzung über mein Grundstück nehmen, wenn du möchtest“, bot er mir grinsend an. Sein Häuschen lag auf einem Hügel, unmittelbar bei der Surfbucht. Die traumhafteste Wohnlage überhaupt, die ich jemals gesehen habe.

Er zeigte mir alles, ich lernte seine Hündin kennen und wir unterhielten uns auf seiner Veranda übers Surfen, Reisen und das Leben. Dabei erfuhr ich, dass Will hier erst seit einem Jahr lebte. Nachdem er kurz in seiner Küche verschwunden war, kam er mit sechs Tafeln Schokolade wieder, die er mit strahlenden

Augen nacheinander auffächerte. „Alle von Surfschülern aus Europa. In Nicaragua gibt es einfach keine so gute Schokolade wie bei euch“, meinte Will gespielt niedergeschlagen. Eine Tafel Schokolade später verabschiedete ich mich, allerdings wollten wir uns zum Sonnenuntergang wiedersehen. Als ich frisch geduscht zurück bei Will war, führte er mich zum „schönsten Platz der ganzen Bucht“, wie er stolz verkündete. Ganze fünf Meter mussten wir gehen, wo eine Holzbank und zwei Flaschen Bier auf uns warteten. Nicht einmal in meinen schönsten Träumen hätte ich mir solch eine überwältigende Aussicht auf einen spektakulären Sonnenuntergang vorstellen können.

Noch besser gefiel mir lediglich die Gesellschaft an meiner Seite. Will und ich unterhielten uns so gut, dass es schon stockdunkel war als sich bei uns der Hunger meldete. „Wenn du möchtest, zeige ich dir meinen persönlichen Geheimtipp“, lockte er mich. Das ließ ich mir nicht zwei Mal sagen und so durfte ich ein kleines lokales Restaurant namens Pelican kennenlernen, wo es den leckersten Fisch Nicaraguas mit einem fantastischen Meerblick gab.

Nach dem Essen gingen Will und ich zum Strand, wo wir uns auf einem Felsplateau niederließen. Neben uns rauschte das Meer und vor uns tauchten die wenigen Lichter das Dorf in eine gemütliche Atmosphäre. Die Zeit verging wie im Flug, wir tauschten witzige und auch packende Lebensgeschichten aus. Er erzählte mir von seinen Erfahrungen als Kinderpsychologe in einem Waisenhaus und ich erfuhr mehr über seine Heimat und Kultur in der Karibik. Unter anderem, dass Marihuana ein gebräuchliches Mittel bei Ratssitzungen oder vor wichtigen Entscheidungen sei und nicht wie in Europa ausschließlich zu Entspannungszwecken genutzt würde. Wir waren uns einig, dass der Rausch eines glücklichen Lebens auch ohne Drogen spürbar ist. Im nächsten Moment kam Will mir näher und wir küssten uns.

Am Morgen weckte mich der himmlische Duft nach frisch gebackenen Pfannkuchen. Ich räkelte mich und ging nach Draußen, wo Will stolz einen Turm aus Pfannkuchen präsentierte: „Tataaa“, trötete er stolz. Er war extra früher aufgestanden, um mich zu überraschen, verriet er. Wie der Honig über den Pfannkuchen, so floss auch ich bei diesen Worten dahin. Leider musste ich schon bald darauf gehen, denn heute würde ich mit den anderen El Gigante verlassen, um weiter nach San Juan zu fahren. Das war wirklich ein kurzes, aber umso intensiveres Kennenlernen. Glücklicherweise sollte es dabei nicht bleiben.

Die Strecke bis nach Tola war magisch. Ich klebte praktisch an der Scheibe, um nichts von der vorbeistreifenden Natur zu verpassen. In Maderas checkten Chrissy und ich in ein Hostel direkt am Meer ein. Unsere männlichen Begleiter zogen dagegen ein entfernteres und im Wald gelegenes Hostel vor. Chrissy und ich hatten den großen Vorteil, dass wir uns nur eine halbe Stunde nach Ankunft fröhlich zu den Wellen gesellen konnten. Der Kontrast zu unserem vorherigen Surfspot hätte größer nicht sein können: Viel zu viele Leute und eine extrem anonyme Stimmung. Jeder wollte SEINE Welle erwischen, weswegen ich während der ganzen Session eher angespannt als entspannt war.

Das änderte sich zum Glück am darauffolgenden Tag: Weniger Leute, mehr Wellen und insgesamt ein deutlich netterer Umgang miteinander. Für einen Lacher war gesorgt als mit einem Mal Jeremy auf seinem leuchtend grünen Surfboard neben uns saß. Als er uns eines Abends mit seinem Auto abholte, um uns die Gegend zu zeigen, brachte er einen Satz hervor, den ich vermutlich niemals vergessen werde und Chrissy und ich uns noch heute vor Lachen kaum einkriegen, wenn wir daran zurückdenken. Die Situation, wie wir mit unseren Tortillas und weit geöffneten Mündern dasaßen, uns zum Runterspülen einen Schluck Wasser aus unserem 5- Liter-Kanister gönnten und wir Jeremy, nett gemeint, auch etwas zu trinken anboten, hatte ihn vermutlich dazu veranlasst, seinen Gedanken freien Lauf zu lassen: „In meinem ganzen Leben habe ich keine anderen Mädels kennengelernt, die so geringe Ansprüche haben wie ihr („Of all women I have met in my life you are by far the chicks with the lowest maintenance!"). Für uns war das eines der schönsten Komplimente, die wir jemals bekommen konnten. Daher freuten wir uns überschwänglich, was Jeremy erneut zum Kopfschütteln und Lachen brachte.

Drei Tage waren vergangen und Chrissy und ich waren auf dem Weg zurück nach El Gigante. Ich freute mich schon riesig und war gespannt, wie es wohl werden würde, Will wieder zu sehen. Er wusste von nichts, da ich ihn überraschen wollte. Chrissy und ich beeilten uns, um so schnell wie möglich im Wasser und zurück bei unserer Lieblingswelle zu sein, wo wenig überraschend auch Will war. Die Begegnung war entgegen meiner Erwartungen leider eher merkwürdig. Zwar redeten wir miteinander, allerdings eher oberflächlich und zwei Wellen später verließ er bereits das Wasser. Für mich war die Botschaft damit mehr als deutlich. Ich surfte bis in den Sonnenuntergang hinein und da Chrissy in der Zwischenzeit schon zurück zum Hostel gegangen war, hatte ich Zeit, um über alles in Ruhe nachzudenken.

Am darauffolgenden Morgen saß ich auf einer Felsklippe bei unserem Hostel und genoss die Aussicht, als plötzlich Will auftauchte. Am Abend hatte er gehofft, dass ich zum Sonnenuntergang bei ihm vorbeischauen oder ihm zumindest eine Nachricht schreiben würde, sagte er. Er erzählte mir, dass er den Tag vorher das Wasser so plötzlich verlassen musste, weil er sich den Zeh verletzt hatte. Nachdem ich ihm meine Sicht der Lage geschildert hatte, waren wir beide erleichtert, dass alles letztlich nur ein großes Missverständnis und Mann-Frau-Kommunikationsproblem war. Überglücklich holte ich die süßen Teilchen, die ich ihm extra vom einzigen deutschen Bäcker aus San Juan mitgebracht hatte. Zur Wiedergutmachung schlug Will vor, dass er am Abend sein berühmtes Curry kochen würde. Erstmals fuhren wir zusammen auf seinem Motorrad durch die Wälder, um beim nächsten Laden einzukaufen. Ich war wieder auf Wolke sieben angekommen.

Will's Spezial Curry mit selbstgemachter Kokosmilch schmeckte nicht nur mir unglaublich gut, sondern auch Will's Mitbewohner Hernan und Chrissy kamen in den Genuss. Zu viert hatten wir großen Spaß, wozu der gute Don Simon Qualitätswein sicherlich beitrug. Gestärkt machten wir uns am späten Abend noch zur Reggae Night auf, die in der Dorfbar stattfand. Dort traf ich bekannte Gesichter und Hernan brachte mir mit seinem argentinischen Hüftschwung Salsa bei. Ich war hin und weg von seinem Können, aber dafür umso enttäuschter von meiner grausigen Performance, die sogar mich selbst zum Lachen brachte.

Am nächsten Morgen saßen Will und ich auf der Veranda und plauderten entspannt. Als Hernan dazukam gewann er all unsere Aufmerksamkeit, vor allem wegen eines großen Cuts auf seiner Stirn. „Was ist dir denn passiert?" fragten wir entgeistert. Bei seiner Antwort mussten wir allerdings laut loslachen. Die Wunde war dem Versuch geschuldet, eine Bierdose mit seinem Kopf zu zertrümmern. Da war seine Birne offensichtlich vom Rotwein- und Bierkonsum weich geworden.

Die darauffolgenden Tage vergingen wie im Flug: So viele Surf-Sessions wie möglich, Mädels-Thermaltag, gemeinsame Abendessen mit Will und Freunden, Beach-Clean-Ups und Bräunungs-Sessions sowie ausgiebige Sonnenuntergänge mit Rotwein, wundervollen Gesprächen und intensiven Momenten.

Der letzte Tag hielt noch ein Geschenk des Universums bereit, denn die Wellen waren schlichtweg phänomenal! Ich konnte es nicht fassen, wie viele schöne Wellen ich erwischte, davon zwei Über-Kopf-Hohe. Auch war die Stimmung wieder ausgelassen und als mir zu meinen Errungenschaften gratuliert wurde, freute ich mich umso mehr. Einen Teil der Locals kannte ich bereits etwas besser und auch vom Hostel hatte ich mich mit einigen angefreundet. Die, die wussten, dass heute mein letzter Tag sein würde, ließen mir sogar mehrmals den Vortritt und Will verhalf mir zu traumhaft schönen Wellen. Mucho stoke and love aqui!

Die letzte Stunde vor der Abreise verbrachte ich allein mit Will. Im Nachhinein hätte ich gerne ein Foto davon gehabt, wie Will und ich ihm gegenüber in der Hängematte lagen, mit Blick auf die Traumbucht und die hereinrollenden Wellen. Wir wechselten die letzten gegenseitigen Berührungen und Erinnerungen über die unvergessliche, gemeinsame Zeit. Als der Abschied nahte, konnte ich mich nur schwer von ihm lösen und auch er gab so offen wie nie zuvor zu, dass er sich schon lange nicht mehr so wohl gefühlt hatte. Dennoch lächelten wir beide, vor Freude und Dankbarkeit für das, was wir zusammen erleben durften. Wie sehr ich doch sein sonniges Gemüt gern hatte! Ich sah ihn mir noch einmal genau an, ließ meinen Blick über die Veranda und aufs Meer wandern und sagte schweren Herzens Lebe wohl.

Valeska liebt das Reisen genauso wie mitreißende Geschichten. Der Natur nahe sein können und die einzigartigen Landschaften, Kulturen und Menschen, die die Welt zu bieten hat, zu erleben, bedeutet für sie ein erfülltes Leben.
Auf ihrem Blog www.welt-entdeckerin.de schreibt sie für alle outdoor- und naturbegeisterten Abenteurer, die ein nachhaltiges Leben (er)leben möchten und wertvolle Tipps, Inspiration, Spaß und Wissen rund um die Themen Natur, Nachhaltigkeit, Outdoor und Entdecken/Reisen suchen. Ebenfalls findest du sie auf ihrer Webseite: www.texterlebnis.de

Will's Haus findest du unter: www.coconuthillgigante.com

KAPITEL 4

Die Magie des Meeres

von Yvonne Rundio

» Menschen werden vergessen, was du gesagt hast. Menschen werden vergessen, was du getan hast. Aber Menschen werden niemals vergessen, welches Gefuehl du ihnen vermittelt hast. «

- Maya Angelou

Was schreibt man über jemanden, den man liebt? Über jemanden, der nicht nur eine Liebe auf den ersten Blick war, sondern die erste große Liebe? Es gibt so viele Erinnerungen, die einen stärker, die anderen blasser. So viele Erlebnisse, die einen intensiv, die anderen nur kleine Momente. Wo fange ich an? Also schreibe ich über die Gefühle, die er auslöst, die es vermittelt, die sie hinterlässt. Der Ozean, das Meer, die hohe See.

Das Meer hat diese magische Anziehungskraft auf Menschen. Ich könnte stundenlang auf das Meer schauen, es hören, riechen, fühlen. Erfüllt von Weite der Bewegung der Wellen folgen, dem Rauschen der brechenden Wellen lauschen. Das Salz in der Luft riechen. Die frische Prise an Land und das kühle Nass in der Brandung auf der Haut spüren. Es mit allen Sinnen wahrnehmen.

Es ist magisch, wenn die Sonne morgens aus dem Meer auftaucht oder an anderer Stelle am Abend wieder eintaucht. Es ist auch magisch, wenn ich erst mit dem Körper und schließlich mit dem Kopf ins Meer eintauche, schwerelos schwebe.

Diese Gedanken schreibe ich auf – am Meer. Dort, das ist im Moment der Atlantik, kann ich am besten meine Eindrücke und Empfindungen sammeln. Während ich hier sitze und nachdenke – über das Meer…

Erinnerungen

Ich erinnere mich noch gut daran, wie es war, als ich das erste Mal in meiner Kindheit am Meer war. Wir waren damals im ehemaligen Jugoslawien in einer Ferienwohnung mit großem Garten und nur einen kleinen Spaziergang vom Meer entfernt. Zum Frühstück gab es frische Brötchen mit Aprikosenmarmelade. Auf dem Weg zum Strand haben meine Schwester und ich jeweils eine Gießkanne bekommen. Meine rot, ihre blau. Der Strand war steinig und Teil einer kleinen Bucht. Der Blick über das Wasser endete erst in weiter Ferne am Horizont. Dazu der salzige Geschmack des Meerwassers. Beides war für mich mit meinen fünf, sechs Jahren neu und ziemlich beeindruckend. Und ich liebte das Wasser! Obwohl ich mir am ersten Tag direkt den Fuß an einer scharfen Felskante aufgeschnitten hatte, bin ich jeden Tag wieder freudig baden gegangen. Während Papa sich mittags auf der Luftmatratze treiben ließ und Mama am Strand saß, spielten wir am Wasser. Auf einer kleinen Erkundungstour allein, kletterte ich über die Felsen am Strand und habe mich plötzlich ganz schön erschrocken, als ich einen riesigen Krebs auf einem Stein entdeckte. Nicht nur ich, auch der Krebs machte sich schnell aus dem Staub. Am Ende des Tages spülten wir unter der Gartendusche das Salz von der Haut und schliefen in warmen Zimmern mit Grillenzirpen ein.

Es sollten mehr als zehn Jahre vergehen bis ich wieder am Meer war. Obwohl diese Reise nur an einen typischen Sonnenliegen-Strand an der italienischen

Adria ging, war ich voll innerlicher Freude endlich wieder am Meer zu sein – nichtsahnend hatte ich mich längst ein bisschen verliebt.

Dieser Reise folgten weitere Urlaube am Meer, kurze Trips, mehrwöchige Reisen bis zu mehrmonatigen Weltreisen. Weite Strände, gut besuchte und einsame, Stadtstrände, große und kleine Inseln, wilde und sanfte Küsten. Die Abstände zwischen den Reisen wurden kleiner, die Reisedauer länger. Mit jeder Reise ans Meer wuchs die Sehnsucht mehr und mehr Zeit dort zu verbringen. Nach jeder Rückkehr war das Fernweh groß und der Wunsch riesig bald wieder an meinem Herzensort zu sein.

Freiheit

Bisher habe ich noch keinen anderen Ort entdeckt, an dem ich mich so frei fühle wie am Meer. Hier kann mein Blick nahezu endlos weit über den Horizont wandern und ein offener Raum voller Möglichkeiten liegt vor mir.

Über das Meer nachzudenken und zu schreiben, bedeutet festhalten und loslassen gleichermaßen. Das ist Freiheit für mich: Möglichkeiten und Entscheidungen frei wählen zu können. Meiner inneren Stimme zuzuhören und ihr zu folgen. In einem Moment an etwas wie einer Idee festzuhalten, um sie im nächsten Moment loszulassen. Damit etwas entstehen, sich verändern, weiterentwickeln und wachsen kann. Erst in Momenten, in denen ich entspannt und konzentriert statt angespannt und kontrollierend bin, kann ich Konzentration und Gelassenheit in Form von Freiheit erfahren. Gelernt habe ich das vom Meer, vom Kommen und Gehen der Wellen, Auf und Ab, mal laut, mal leise, von Bewegung und Stille, von all dem Leben im Wasser, von der Beständigkeit und der Veränderung. Heute gelingt es mir, dieses Gefühl von Freiheit auch mehr und mehr an anderen Orten zu erfahren.

Meer ist für mich auch Freiheit in Form von Bewegung. Schnorcheln, Segeln, Tauchen, Wellenreiten, Bodyboarding – all diese Sportarten spielen mit Bewegung, Wasser und Flow-Momenten. Ich erinnere mich noch gut daran, als ich das Schnorcheln für mich entdeckt habe. Die ersten Anfänge mit Wasserschlucken, der Schreck als ich das erste Mal einem kleinen Stachelrochen begegnet bin, der schnell einer immer größeren Faszination für die Unterwasserwelt gewichen ist und mich heute davon träumen lässt, mit Walen zu tauchen. Das Gefühl beim Abtauchen zu schweben und sich um die eigene Achse drehen. Beim Reiten einer Welle der Moment der Verschmelzung mit dem Meer, die Kraft in der Vorwärtsbewegung, die Leichtigkeit, absolute Konzentration und ein gedankenfreier Kopf, Sein im Hier und Jetzt. Freiheit pur.

Nirgendwo sonst ist das Gefühl der Freiheit so stark wie mit Blick auf die Weite des Meeres. Dieses Gefühl von innerer Freiheit hilft mir manches nicht zu ernst zu nehmen und ebenso mich selbst wirklich ernst zu nehmen – meine Bedürfnisse, Vorstellungen und Werte.

Balance

Salz auf den Lippen, Sand zwischen den Zehen, Balsam auf der Haut, Frische in der Luft und die gleichmäßige Bewegung der Wellen. Diese Weite, kein Ende in Sicht, nur der Horizont. Diese gefühlt unendlichen Wassermengen. Blautöne in allen Nuancen wirken beruhigend auf meinen Verstand, mindern selbst Stress. Das Wellenrauschen klingt nach Atemrhythmus, nach Meditation.

Das Meer gibt Energie, Ruhe, Entspannung und lässt mich Kraft tanken. Lässt mich mir selbst näher sein, tief durchatmen nach all den Reizen, Eindrücken im Alltag und in der Stadt. Das Gedankenkarussell kann ein Ende finden, wenn die auslösenden alltäglichen Reize fehlen.

Ich bewundere die Natur und ganz besonders das Meer. Von Land, wie auch Unterwasser. Die Balance von glatten Oberflächen und tosenden Wellen, Intensität und Ruhe, Bewegung und Stille.

Wenn wir beim Schnorcheln oder Tauchen Meeresbewohner, wie Schildkröten oder Fische in Korallenriffen beobachten, stellen wir fest, dass eine Schildkröte sogar in der Strömung ihren Weg mit Leichtigkeit zu schwimmen scheint. Bei genauerem Hinsehen fällt auf, dass sie zwischen treiben lassen und aktivem Schwimmen wechselt, je nachdem ob ihr die Strömung vom Wasser gerade entgegenkommt oder sie mitzieht. So nutzt sie, aktiv und energiebewusst, die Strömungen im Meer, um sich geradezu elegant und effizient vorwärts zu bewegen.

Ich lerne dies für meinen eigenen Weg zu nutzen und mich gleichzeitig auf das Leben einzulassen. Mit der Strömung zu schwimmen. Mich nicht unnötig oder ständig zu verausgaben. Auch wenn es sich nach dem richtigen und direkten Weg anfühlt besser keinen Widerstand zu leisten, der viel Kraft kostet, die an anderer Stelle sinnvoller zum Einsatz kommen kann. Sondern vielmehr aufmerksam zu sein und zwischendurch eine kurze Pause einzulegen, mit etwas Abstand auf den aktuellen Stand zu blicken, um Möglichkeiten zu entdecken und Chancen zu ergreifen, die in eine interessante Richtung gehen. Nicht alles selbst machen zu wollen, andere mitspielen zu lassen. Dabei den Fokus beizubehalten für meinen Weg mit meinen Werten, Bedürfnissen, Vorstellungen und mit einem großen Vertrauen in das Leben. In mein Leben.

Das Meer hat eine starke Wirkung auf mein Wohlbefinden und ein Leben in Balance. Es lehrt mich meine Intuition zu achten, ihr zu folgen. Im Fluss des Lebens zu sein.

Inspiration

Das Meer und die scheinbar unendliche Weite schaffen Raum und mein reizüberflutetes Gehirn kommt zur Ruhe. Hier in der Weite des Blaus und ohne Ablenkung durch andere Reize, finde ich Inspiration. Kreativität und Konzentration fallen mir leichter. Die Gedanken können fließen und neue Ideen sich entwickeln.

Am Meer finde ich Inspiration für mein Leben, für meine Arbeit. Raum, Ruhe und Zeit machen den Unterschied aus. Meine Kreativität scheint vernetzter und intensiver zu funktionieren. An diesem Ort denke ich am liebsten nach und finde scheinbar leichter Lösungen, auch für große Fragen.

Auch wenn ich mich manchmal in einer Inspirationsdusche wiederfinde und mich darin verlieren könnte, fällt es mir im freien und inspirierten Denkraum leichter, zwischen wollen und brauchen zu unterschieden. Was will ich und was nicht? Was denke ich, was ich will, weil andere es wollen, haben, können? Was brauche ich wirklich? Was tut mir gut, was ist für mich gerade wichtig? Erst durch den inneren Wandel wird auch Wandel im Außen, der Inspiration und Kraft braucht, für und mit anderen möglich. Mein Leben auf meine Art zu gestalten, für mich und für andere.

So habe ich die Entscheidung eine Weltreise zu machen am Meer getroffen. Ich habe dort angefangen zu schreiben und das Schreiben überhaupt für mich entdeckt. Der Start für ein Projekt zum Meeresschutz ist am Meer gefallen. Meine Entscheidung mich in Richtung Coaching weiterzubilden und mich dahingehend in meiner Selbstständigkeit weiterzuentwickeln ebenso. Alles Entscheidungen, die ich auch heute noch rückblickend als wichtig und wertvoll ansehe.

Das Meer scheint ein wirklich inspirierender und guter Ort für die Gestaltung meines Lebens zu sein. Danke an die natürliche Inspirationsquelle.

Verletzlichkeit

Tiere unter Wasser zu beobachten, fasziniert und erdet mich. Meeresbewohner scheinen mit einer Gelassenheit und gleichzeitigen Konzentration in einem Ökosystem unterwegs zu sein, das so fragil ist.

Tierbeobachtung ruft in Erinnerung, was wirklich zählt und zeigt wie verletzlich das Leben im Meer und auf unserer Erde ist. Lässt den Schmerz fühlen, wenn so viel Schönheit nicht geachtet, verschmutzt oder gar zerstört wird – durch die Erwärmung der Ozeane, Plastikverschmutzung und Überfischung. Dieses Bewusstsein entfacht bei mir eine starke Liebe und weckt mein großes Bedürfnis die Schönheit der Natur zu bewahren und Verantwortung zu übernehmen. Nach dem Prinzip, dass wir schützen, was wir lieben. Für ein Leben mehr im Einklang mit der Natur.

So habe ich es mir zu Angewohnheit gemacht, am Strand und im Meer Plastikmüll einzusammeln. Manchmal geplant, oft spontan, weil ich den Blick davon nicht mehr abwenden kann und fest davon überzeugt bin, wenn immer mehr Menschen einen kleinen Teil dazu beitragen und andere inspirieren, werden wir immer mehr zum Besseren verändern können. Einmal habe ich auch spontan angefangen Müll am Strand zusammenzutragen und musste diesen anschließend ein ganzes Stück bergauf bis zum Parkplatz und zum nächsten Mülleimer tragen. Da kamen mir einige Menschen entgegen, die auf dem Weg zum Strand waren, und immer wieder hat sich jemand bei mir bedankt, einfach so. Vielleicht konnte ich die eine oder den anderen zur Nachahmung inspirieren…

Die Tiefe und Weite unter Wasser lässt mich auch meine Verletzlichkeit spüren. Das wichtigste, was wir haben, ist unsere Gesundheit und doch braucht es manchmal die Erinnerung daran. Am Meer fällt es mir leicht auf mich acht zu geben. Durch das Gefühl der Verbundenheit mit der Natur scheint der gute Umgang mit mir und auf meine Bedürfnisse zu achten, natürlich und selbstverständlich. Ebenso lassen sich Sorgen und Probleme mit Abstand und aus einer anderen Perspektive betrachten. In den Dimensionen werden sie manchmal auch ganz von allein kleiner als sie sich zuvor noch angefühlt haben.

Verletzlichkeit achten, Gesundheit bewahren – das, was wirklich zählt.

Stille

Das Meer ist für mich einer der besten Orte in der Natur, um Stille zu finden. Zeit am Meer ist Zeit um die Welt einen Moment draußen zu lassen, um zu innerer Stille zu finden. Ob im sanften Rauschen der Wellen oder selbst im lauten Tosen der Brandung, in beidem kann ich die Stille spüren.

Stille ist heute oft ein seltener Zustand im Alltag, der in der Stadt von Ablenkung geprägt ist. Dabei ist sie für Gesundheit, Schlaf, zum Nachdenken, für Konzentration und Kreativität so wichtig. Auch echte Selbstreflexion kann nur in Stille funktionieren. Gerade die brauche ich, um mich regelmäßig zu fragen, lebe ich das Leben, das ich mir wünsche? Wie möchte ich jetzt leben? Was brauche ich für dieses Leben? Tagträumen oder konzentriertes Reflektieren – am liebsten am Meer.

In der Stille laden wir unsere Ressourcen auf und erholen uns. Das Meer lässt mich ruhig werden und einfach sein. Hier finde ich immer wieder aufs Neue den Raum für die Stille, die ich brauche, um ganz bei mir zu sein, um mich wirklich zu spüren. Arbeitsintensive Zeiten habe ich rückblickend am Meer als leichter empfunden. Die Pausen zwischendurch mit Meerblick sind Gold wert. Genauso habe ich mich noch nie so gut von stressigen Phasen erholt, wie in anschließenden stillen Momenten mit Blick auf das Meer. Egal, ob währenddessen oder danach, die Ruhe in der Stille am Meer zu finden hat eine große positive Wirkung auf mich und mein Wohlbefinden.

Stille schafft Freiraum in meinem Kopf. Am Meer passiert das gefühlt automatisch. Auch beim Tauchen habe ich eine eigene Art von Stille kennengelernt. Im positiven Sinne lässt sie meinen Gedanken freien Lauf. Sie hält mich gleichzeitig wach und konzentriert für das, was um mich herum passiert und es zu entdecken gibt. Die Erfahrung hilft mir mittlerweile auch, im Stadtalltag diese Räume für Stille bewusster zu schaffen und mich darauf einzulassen. Besonders auch dann, wenn die Ablenkung um mich herum geradezu danach schreit wahrgenommen zu werden.

Mehrmals habe ich schon erlebt, wie schnell ich am Meer zur Ruhe kommen kann, um wieder klar zu sehen und zu denken. Dank der Stille in der Natur bleibe ich auch fast wie von allein in diesem Zustand. Die Stille am Meer ist eine sehr dankbare Stille, die sich für mich kein bisschen unangenehm anfühlt. Wie Stille manchmal auch sein kann, erzwungen, plötzlich mit den eigenen Gedanken allein oder zwischen zwei Menschen. Am Meer ist für mich zusammen schweigen sogar am schönsten. Es braucht keine Worte, das Gefühl ist einfach da und zwei Menschen genießen zusammen den Moment der Stille.

Das Meer erfüllt meine Sehnsucht
nach Stille und Wildheit,
nach Klarheit und buntem Treiben,
nach Konzentration und Weite,
nach Leichtigkeit und Tiefgründigkeit.
Nach Magie.

So endet wieder ein Tag und die Sonne taucht ins Meer, sendet ihre letzten Strahlen und lässt den Horizont in Orange, Rot und Violett leuchten, bevor sich langsam die Nacht über diesen kleinen Flecken Glück auf dieser Erde legt. Mit dem Rauschen der Wellen schlafe ich ein.

Meer – ich liebe dich.

Yvonne Rundio ist passionierte Gestalterin. Als Designerin entwickelt sie Brandings und Bücher. Als Business Coach ist ihr Thema Leben und Arbeit auf die eigene Art zu gestalten. Für ein gutes Leben in einer lebensfreundlichen, von persönlicher Entfaltung und kooperativer Verbundenheit getragenen Gesellschaft. Reisen ist ihre Leidenschaft und das Meer ihr Lieblings- und Kraftort.

www.yvonnerundio.de

KAPITEL 5

Gypsy, Wild & Free

von Pascal Keller

» You can't stop the waves,
but you can learn to surf. «

- John Kabat Zinn

Was, wenn es möglich ist, seine Leidenschaft zum Beruf zu machen? Was, wenn du jeden Tag das tun kannst, was du liebst?

Es ist Freitagmorgen, wie leider zu oft, lief ich bereits mit dem Handy am Ohr ins Büro, bevor ich überhaupt den PC hochgefahren hatte. Ein Kunde aus Asien war schon etwas länger wach und wartete sehnsüchtig auf ein Feedback.

Als ich den Anruf beendete, stand direkt mein Chef vor mir. Er bat mich, mein Handy in meine Schreibtischschublade zu legen und meinte ich solle wieder nach Hause fahren. Ich wusste nicht was hier gerade geschah.

Mein damaliger Chef schickte mich somit eine Woche eher in den Urlaub, mit der Begründung, ich solle Überstunden abbauen. Am selben Abend rief er mich auf meinem privaten Handy an und erklärte mir, dass er mich früher in den Urlaub geschickt hatte, da er sich Sorgen um meine Gesundheit macht. Zu viel Arbeit, hohes Stresslevel, jung und übermotiviert. Er erkannte scheinbar Anzeichen von Burnout und wollte seiner Fürsorgepflicht nachkommen. An der Stelle, herzlichen Dank an meinen damaligen Chef.

Für mich war dies eine komplett neue Erfahrung und mir fiel es in den ersten beiden Tagen sehr schwer, mit dieser Situation klar zu kommen.

In den kommenden Tagen machte ich mir wirklich viele Gedanken darüber, dass ich angeblich Anzeichen eines Burnouts zeigte. Ich hinterfragte meine aktuelle

Lebenssituation. Ich hatte kein Gefühl von Burnout, googelte natürlich die Symptome, doch keines traf wirklich auf mich zu. „Nichts tun“ liegt überhaupt nicht in meiner Natur. Im Gegenteil, mir fällt es super schwer einfach nur auf dem Sofa zu liegen und die Decke an zu starren, keine Musik, kein Buch, kein Film. Dies war eine Empfehlung aus einem Blog zum Thema Burnout. Aber wie gesagt, dass ist vermutlich nicht die richtige Übung für mich. Scheinbar wirke ich oft rastlos und immer voller Tatendrang. Meine Freundin betitelt dies als "meinen Hummelschwarm im Hintern, der mal wieder Auslauf benötigt.“

Um mir die Zeit zu vertreiben und um auf andere Gedanken zu kommen, ging ich in meine Werkstatt. Ich hatte ein Jahr zu vor die Idee eigene Stand-Up-Paddel-Boards herzustellen und hatte mir daraufhin eine Werkstatt angemietet, um dort SUPs und Surfboards zu shapen. Das war für mich die Möglichkeit meiner Leidenschaft zum Surfen auch abseits des Meeres näher zu sein. Aber am Ende war es mehr eine Art Meditation und Flucht vom Büro-Alltag.

Ich kann mich noch gut an diesen Tag erinnern. Ich habe an diesem Tag ein Surfbrett fertig gestellt, welches ich in den Urlaub nach Spanien mitnehmen wollte. Begeistert vom Shapen hatte ich Lust, mir am Abend noch einen Surf-Film anzusehen. „Mavericks – Lebe deinen Traum“ hieß dieser Film und ich muss sagen, wenn ich heute so darüber nachdenke, hat der Film einen so extremen Tiefgang und so beeindruckende Lebensphilosophien in sich. Es geht weit aus über mehr als über das Surfen. Es geht um das Leben.

Doch die Key-Message, welche ich für mich mitnahm, war: „You have just one life“. Eine Woche später, im November 2015, am Strand in Südspanien, um genauer zu sein, in der kleinen Ortschaft Caños de Meca. Ich war zuvor noch nie in Andalusien beim Surfen gewesen. War aber sofort begeistert von der doch noch sehr unberührten Landschaft. Es schien noch sehr wild und wenig touristisch frequentiert.

Es folgten zwei Wochen surfen, essen, feiern und schlafen. Und dies in Dauerschleife. Ich dachte mir: „Was für ein geiles Leben!“ Doch das war leider nach zwei Wochen schon wieder vorbei.

Mittlerweile haben wir März 2016. In den schneebedeckten Bergen in Tirol. Ich war mit meiner Freundin und ein paar Freunden beim Snowboarden. Als wir am frühen Abend auf die Hütte zurückkamen und ich auf mein Handy schaute, hatte ich über 10 verpasste Anrufe von German. German ist Spanier und ich hatte ihn im November in Andalusien kennengelernt.

Eines Abends, damals in Andalusien nach ein paar Bier, erzählte ich ihm, wie ich mich hier im wilden Andalusien am Strand fühle und dass ich es mir gut vorstellen kann, hier für längere Zeit zu leben und auch zu arbeiten. Naja, wir sprachen über das Leben, die Freiheit und was man sonst noch so nach ein paar Bier eben bespricht. Ich bin mir sicher, du weißt wovon ich rede.

Wie auch immer, er erinnerte sich an unser Gespräch und wir hatten echt von Anfang an einen sehr guten Draht. Er fragte mich, ob ich nicht Lust hätte, gemeinsam mit ihm eine Surfschule zu betreiben. In dem Moment war ich ziemlich überwältigt und lief nervös auf und ab.

Es war echt eine total verrückte Situation, denn damit hätte ich beim besten Willen niemals gerechnet. Ich hatte sofort das Bild im Kopf, wie ich gemeinsam mit ihm in unsere Surfschule stand, Surfbretter vermiete und den ganzen Tag am Strand verbringe. Keine schlechte Büro-Luft, keine hektischen Meetings, sondern Sand zwischen den Zehen und Salzwasser in den Haaren. Die positiven Gedanken wurden allerdings von negativen verdrängt. Warum ich? Wir kennen uns doch kaum? Ich kann gerade mal fünf Wörter Spanisch! Und hey, meine Surf-Skills sind nicht auf dem höchsten Niveau.

Naja, eine Woche später saß ich im Rathaus in Jerez de La Frontera und unterzeichnete unseren Gesellschaftervertrag und eben alle dazugehörigen Papiere. (Wenn du denkst, dass wir in Deutschland eine aufwändige Bürokratie haben, dann gründe eine Firma in Spanien und du wirst eines Besseren belehrt.)

Falls du den Film „Asterix erobert Rom“ kennst und dich an die Stelle mit dem Passierschein A38 erinnerst, dann weißt du, wovon ich spreche. Auf den frisch unterzeichneten Gesellschaftervertrag, gingen wir erstmal zum spanischen Lotto-Laden um die Ecke und füllten gemeinsam einen Lotterieschein aus. Ich muss allerdings gestehen, ich weiß bis heute nicht, ob wir etwas gewonnen haben oder nicht.

4 Tage später war ich wieder zurück in Deutschland. Stolzer Besitzer einer Surfschule, namens Flamingo, im schönen Fischerort "El Palmar", direkt am Atlantik zwischen Conil de la Frontera und Caños de Meca. Ein unbeschreiblich gutes Gefühl und am liebsten hätte ich sofort alle Zelte abgebrochen und wäre nach Spanien gezogen, um jeden Tag am Strand zu sein und die Surfschule zu betreiben. Ganz so einfach war es allerdings nicht. Ich fühlte mich dem Job im Konzern verpflichtet und konnte damals auch nicht einfach von heute auf morgen kündigen. Zumindest dachte ich so.

So nahm ich mir vor, spanisch zu lernen und setze mich mit Branding und Marketing auseinander, denn das konnte ich aus der Ferne tun, also sozusagen übernahm ich den strategischen Part. Eine Surfschule von Deutschland aus zu leiten, stellt einen vor verrückte Herausforderungen. Ich hatte ein schlechtes Gewissen, dass mein Geschäftspartner sich vor Ort um alles kümmern musste. In den kommenden zwei Jahren war ich lediglich 30 Tage im Jahr in Spanien und konnte mich nur in dieser Zeit in das Tagesgeschäft einbringen.

Jeden Tag am Strand, Surfen und nette Menschen um einen herum. Was für ein Traumleben.

Als Frühaufsteher wache ich oft mit den ersten Sonnenstrahlen auf. Dann gehe ich in die Küche und bereite mir einen Kaffee zu, nicht aus dem Vollautomaten, nein, ich liebe den Kaffee aus dem „Bialetti"-Espressokocher. Als nächstes checke ich den Forecast auf magicseaweed.com und die Webcams am Strand. Aber wie hat mein Opa schon immer gesagt: „Wenn du wissen willst, wie das Wetter ist, dann geh vor die Türe." An diesen Satz muss ich mich jedes Mal erinnern, wenn ich den Wellen- oder Wetter-Forecast auf dem Smartphone öffne.

Eine Zeit lang hatten wir von der Surfschule aus, ein kleines Häuschen direkt am Strand gemietet. Ich kann dir sagen, dass war der absolute Wahnsinn. Du stehst morgens auf und läufst mit deinem frisch zubereiteten Kaffee in der Hand an den Strand und schaust dir die Wellen an. Früh morgens um 6:00 Uhr triffst du dort keine Menschenseele. Man hat den Strand quasi für sich allein.

Wenn die Wellen gut sind, dann versuche ich immer noch ne Runde ins Wasser zu gehen, bevor wir die Schule öffnen. Jeder der morgens vor der Arbeit Sport macht, weiß wie gut es sich anfühlt, sich aktiv zu bewegen bevor der Tag so richtig startet. Und für mich gibt es nichts Besseres als morgens in das kalte Wasser, ja der Atlantik hat gerade mal 16 Grad, zu springen und beim Sonnenaufgang die Wellen unter dem Brett zu spüren. Oh Yes, da spürt man das Leben.

Die Realität sieht allerdings manchmal etwas anders aus. Wenn man 3 Wochen jeden Tag um 8:00 Uhr morgens die Surfschule auf und um 19:00 Uhr wieder abschließt und fast schon jeder Tag dem anderen gleicht, dann kann einem das ziemlich zusetzen.

Welche Geschichten man dann noch mitbekommt und vor allem was in der Zeit passiert, wenn man selbst nicht vor Ort ist, raubt einem manchmal den letzten Nerv.

Wir haben zwei Surflehrer eingestellt, die den ganzen Tag vor Ort sind und sozusagen das Tagesgeschäft machen. Einer dieser Surflehrer dachte wohl, dass wir zu viele Neoprenanzüge hätten, bediente sich großzügig daran und verkaufte sie im Internet. Als mein Geschäftspartner mal zwei Wochen nicht da war, wurden Partys im Garten unsere Surfschule gefeiert und die Bierflaschen vom Vorabend standen am nächsten Morgen noch rum, was natürlich die Kunden abschreckte. Ein Partygast stellte sogar sein Zelt vor die Schule, so dass die Kunden nicht mal den Eingang benutzen konnten. Das hört sich vielleicht gar nicht so verrückt an und normalerweise wäre ich sicherlich einer der Partygäste gewesen, doch wenn es um dein hart aufgebautes Business geht, sieht es etwas anders aus.

Eingehens hatte ich ja erzählt, dass dieser Teil Andalusiens noch sehr wild & free ist. In dem Fischerort El Palmar ist die Infrastruktur noch weit von der „gewohnten" nordeuropäischen entfernt. Nicht jedes Haus hat einen eigenen Stromanschluss. Es existieren noch Sickergruben statt der normalen Abwasserleitung und erst seit zwei Jahren wurden aus den meisten Sandpisten glatte Teerstraßen. Das Schöne daran, es ist ein Ort für Abenteurer und der Massentourismus bleibt diesem wunderschönen Landstreifen fern.

Auch unsere Surfschule verfügt über keine eigenen Wasser- oder Stromanschlüsse. Der Strom kommt vom Generator oder wird beim Nachbarn abgezapft. Wasser für die Gartendusche kommt aus einem Brunnen ca. 400 Meter hinter unserer Schule. Hier bedienen sich etliche umliegende Geschäfte. Die Toilette, naja ist eher so ein „Buschklo". Wie du siehst, alles sehr, sehr einfach. Eben ein simples Leben, auf das Nötigste reduziert.

Dennoch sind wir mit einem Kühlschrank ausgestattet. Allerdings haben wir hier ab und an die Herausforderung, dass dieser plötzlich nicht mehr kühlt. Blöd, wenn man am Morgen den Kühlschrank öffnet und sich darin nur noch lauwarme Getränke und Lebensmittel befinden. Dies passiert dann, wenn entweder der Generator keinen Diesel mehr hat oder der Nachbar die Verbindung trennt. Aber das sind lediglich kleine Vorkommnisse.

Richtig wild sind die Winterstürme, die meist so heftig sind, dass sich die Wellen bis in unseren Garten der Schule wagen. Regelmäßig muss renoviert werden. Neue Terrassen-Dielen, neuer Farbanstrich und die starken Winde, entrissen uns oft unser Sonnendach.

Um die Herausforderung komplett zu machen, möchte ich dir noch von einer wirklichen Talfahrt berichten. Im letzten Sommer gab es eine Gasexplosion, in einem Ferienhaus, im besagten Fischerort. Eine vierköpfige Familie kam dabei leider ums Leben. Es stellte sich heraus, dass dieses Ferienhaus keine Abnahme der Gasleitung hatte, geschweige denn, dass das Haus überhaupt eine Baugenehmigung vorweisen konnte. Dieser Vorfall ging durch die spanischen Medien und machte die Regierung auf den Ort aufmerksam. Bei genauerem Hinsehen durch die Regierung, musste sie feststellen, dass nahezu alle Gebäude keine Genehmigung hatten und viele Geschäfte keine Lizenz besaßen. Um es kurz zu machen, die Regierung machte die meisten Geschäfte dicht. Wir durften auflassen, denn wir besitzen eine Baugenehmigung und eine Lizenz. (Deutsche Gründlichkeit und so, muss ich an dieser Stelle ja sagen.)

Diese Maßnahmen hatten allerdings zur Folge, dass die Touristen ausblieben und so auch unsere Kasse leer blieb. Um dem Ganzen noch die Krone aufzusetzen, wurde das von uns gepachtete Grundstück an einem neuen Besitz verkauft, welcher erstmal die Preise verdoppelte. Wilde Zeiten, könnte man sagen.

Aber hey, ich will mich hier nicht beschweren, denn ich habe nach wie vor eine Surfschule direkt am Strand. Wer kann das schon von sich behaupten. Dennoch musste ich das Geschäftsmodel hinterfragen, vermutlich liegt dies in meiner Natur bzw. DNA, als gelernter Produktmanager.

Politische, wie auch ökologische Einflüsse, machen dieses Geschäftsmodel äußerst risikoreich und schwer vorhersehbar. Heute schreiben wir das Jahr 2020, es ist Mai und Spanien kommt wirtschaftlich nur langsam wieder zurück in die Normalität nach dem kompletten „Corona-Lockdown“ seit Ende März.
Glücklicherweise habe ich ein weiteres Standbein,

namens Digitale Safari, welches weder durch politischen noch ökologischen Einfluss beeinträchtigt werden kann. Das gibt mir sogar die Möglichkeit, meine Zeit flexibel zu gestalten und von überall auszuarbeiten.

Klingt nach einer Schattenseite? Nein das ist sie nicht, das ist einfach das Leben. – Grins –

Ich möchte dir damit einfach näherbringen, dass ein Leben am Strand sehr, sehr cool sein kann, aber eben auch seine Challenges mit sich bringt.

Um ehrlich zu sein, musste ich tief nach diesen „negativen" Erinnerungen graben, denn die Positiven überwiegen. Das Leben in Spanien bzw. an der Costa de la Luz ist nicht vergleichbar mit dem der Stadt – und dem Büroalltag in Deutschland.

Die Mentalität, das Klima, die Lebensfreude, der Lifestyle. Ich habe schon einige Orte in und außerhalb Europas kennen gelernt, aber nirgendwo habe ich mich so frei und willkommen gefühlt wie in El Palmar.

Hier gibt es keine Hotels, keine Fastfood-Ketten und keine Shopping-Hallen. Hier triffst du auf Individualisten, Kreative, auf eine Menge Sand und viel Wasser. Und wenn du öfters an diesen Ort kommst, wirst du mit Sicherheit immer mal wieder dieselben Leute treffen, denn die meisten können diesem Ort nicht widerstehen. Seit über vier Jahren treffe ich dort Ben. Ben kommt aus England und reist jedes Jahr für drei Monate nach El Palmar. Als ich Ben fragte, warum er jedes Jahr hierherkommt, antwortet er: „It is gypsy, wild & free."

Meine Freunde, die jedes Jahr nach Bali, Sri Lanka,

Costa Rica, Australien, Mexiko, etc. reisen, fragen mich oft, warum ich die Wellen in Europa so mag, obwohl der Atlantik die Wellen nicht immer in Perfektion produziert.

Meine Antwort lautet: „Es geht mir nicht nur um die Wellen, es geht um viel, viel mehr." Komm nach El Palmar und du wirst verstehen, was ich damit meine.

Ich bin dankbar darüber auf meiner bisherigen Reise so viele großartige Menschen kennengelernt zu haben, welche mich trotz sprachlicher und räumlicher Barriere sowie kultureller Unterschiede immer unterstützen, mir vertrauen und mich motivieren.

Es war bisher ein wahnsinnig aufregender Ritt und ich durfte unglaublich viel dazu lernen. Wenn ich zurückblicke, würde ich die Zeit nicht zurückdrehen wollen, denn alles sind Erfahrungen, welche dich für die Zukunft stärken, bei allem was du machst.

Basierend auf meinen Erfahrungen bin ich davon überzeugt, dass jeder Mensch eine Aufgabe in seinem Leben braucht, welche einem Sinn gibt und Spaß macht. Diese Geschichte soll dich dazu ermutigen, mutig zu sein! Dich daran zu erinnern, dass du nur dieses eine Leben hast und das tun darfst, was immer dich happy macht – ganz egal wie groß die Angst vor der Veränderung ist, tue es.

„If it scares you, do it anyways."

Meine Reise, sowie auch deine Reise, ist noch nicht vorbei. Surfen ist für mich weitaus mehr als eine Sportart. Es ist für mich die Verbindung zur Natur und die tiefste Form der Meditation. Es ist ein Gefühl, eine Lebensphilosophie. Künftig wollen wir Menschen einen Einblick in dieses freie und selbstbestimmte Leben bieten und das Surfen mit Business-Building verbinden. Denn heute haben wir grenzenlose Möglichkeiten unser Leben so zu gestalten, wie wir es schon immer wollen. Ein eigenes, digitales und ortsunabhängiges Business, gepaart mit Surfen. Das ist der künftige Ansatz von Flamingo Surf & Grow.

By the way, nein ich arbeite nicht mehr in dem Konzern, da ich für mich gemerkt habe, dass ich einen anderen Weg einschlagen möchte. Ein weitaus abenteuerlicherer Weg mit einem Job bzw. einer Aufgabe, welche mich erfüllt und mir mehr Freiheit gibt.

Für Abenteurer und Entdecker wird die Reise nie zu Ende sein. Ich hoffe, dass wir uns auf unseren Reisen einmal begegnen.

PS: Geschichten sind es, die unsere Reisen erst vollkommen machen.

Die Leidenschaft zum Surfen und das unternehmerische Abenteuer, führte Pascal an die Küste Andalusiens. Nach der Lebensphilosophie „Tinkn‘ Big – Livin‘ Tiny“ führt er heute eine Surfschule und ein digitales Unternehmen.

Pascal hat sich dem Unternehmertum verschrieben, da es ihm wichtig ist, einen Arbeitsplatz und eine Arbeitswelt zu erschaffen, welche Spaß macht, Sinn erfüllend ist und einen positiven Fußabdruck auf dieser Welt hinterlässt.

Instagram: @flamingo.surfcamp @digitalesafari
www.digitale-safari.de

KAPITEL 6

Auf zu neuen Ufern

von Franziska Stalf

» Life is there to live,
not for retirement. «

Das Leben im Hamsterrad

Kennst du es auch?
Dieses Gefühl Tag ein Tag aus dasselbe zu machen, im Rhythmus des Alltags gefangen zu sein, den Sinn deines Daseins irgendwann nicht mehr zu sehen und dich nach etwas Anderem, etwas Aufregendem, einem Aufbruch zu sehnen?

So ging es mir.

Ich war Ende 20 und ich hatte „alles".
Ich hatte eine große Wohnung, eine tolle Beziehung, Freunde und Familie in der Nähe und ich hatte einen sicheren, gut bezahlten Arbeitsplatz.

Meine Tage bestanden aus einem eingefahrenen Rhythmus: aus Arbeiten, Essen, Schlafen. An manchen Tagen raffte ich mich auf, um Freunde zu treffen, die ich viel zu Lange nicht gesehen hatte. Meist war ich dazu allerdings zu müde.

Mein Alltag schaffte mich. Morgens ging ich zur Arbeit, hechtete von Meeting zu Meeting, schaffte nur die Hälfte meiner Mails und machte dann später Feierabend als ich eigentlich wollte. Ich verschob private Verabredungen und Yoga-Stunden, weil mir etwas dazwischenkam. Ich stoppte kurz beim Imbiss, um keine Zeit mit Kochen zu verschwenden.

Um meinem Alltagstrott mehr Farbe zu geben, nahm ich mir vor, in meiner Freizeit mal Neues auszuprobieren. Beispielsweise wollte ich unbedingt Gitarre spielen lernen. Die Gitarre stand immerhin schon jahrelang in meinem Zimmer. Doch am Ende des Tages erwischte ich mich meist dabei, wie ich mich vom Fernseher berieseln ließ und nebenher noch kurz durch News auf dem Handy zappte.

Obwohl ich alles hatte, war ich irgendwie unzufrieden. Ständig hatte ich das Gefühl zu wenig Zeit zu haben und abgelenkt zu sein.

Einfach Meer

In einigen wenigen Momenten kam ich hier zur Ruhe. Dann konnte ich meine Alltags-Routinen durchbrechen und hatte Gelegenheit auf die tief in mir schlummernden Begierden zu hören. Meist gelang mir dies auf Reisen.

Insbesondere Reisen ans Meer machten mich glücklich. Das Meer schenkte mir Erholung und Entspannung. Allein das Rauschen der Wellen zu hören, den Sonnenuntergang am Horizont zu beobachten, die salzige Meeresluft zu riechen, gab mir ein Gefühl der inneren Zufriedenheit.

Ein Teil dieser Verbundenheit zum Meer kommt aus meiner Kindheit. Ich hatte das Glück, dass mein Opa uns Enkeln ein kleines Segelboot, einen Optimisten, schenkte. Ich war das einzige Enkelkind, das es nutzte, und rutschte so in die Seglerwelt hinein. Als ich älter wurde, durfte ich auch ab und zu meine Eltern auf ihren Segeltörns begleiten. Es waren wunderbare Erlebnisse in meiner Kindheit.

Die Erkenntnis des Wandels

Und so war es ein Tag auf dem Meer, der mir zu einer Erkenntnis verhalf, die so offensichtlich war und dennoch mein Leben komplett veränderte:

Ich saß an Deck eines Segelbootes und beobachtete das Wasser. Wasser ist herrlich fluid. Keine Formation des Wassers gibt es zweimal. Jede Welle hat ihre eigene Schönheit und verändert sich ständig. Das Wasser ist konstant in Bewegung. Jede Form ist vergänglich. Der Wandel ist hier die einzige Konstante.

Ich realisierte: Genau wie die Formen des Wassers vergänglich sind, ist auch jeder Tag vergänglich. Kein Moment kommt je zurück.

Egal wie erfolgreich du im Job bist, egal wie viel Geld du verdienst, egal wie viele Rücklagen du fürs Alter bildest. Alles was war, alles was ist, alles was kommt ist deine Zeit - deine Lebenszeit. Und diese Zeit ist begrenzt. Darin sind wir alle gleich.

Und ich erkannte, dass niemand außer mir verantwortlich dafür ist, wie ich meine Zeit in meinem Leben nutze. Die entscheidende Frage von mir an mich selbst war: Auf was für ein Leben, auf welche Erfahrungen will ich am Ende zurückblicken?

Ich entschied, dass ich mich aus meinem Umfeld heraus bewegen musste, um Neues zu entdecken und herauszufinden, was mir wirklich Freude bereitete und mich mit Leben füllte.

Neues ausprobieren

Und so machte ich mich auf mit meinem Backpack. Ich reiste durch Südostasien und besuchte diverse Orte in Thailand und Malaysia als Tourist. Ich zog weiter nach Indonesien und blieb 3 Monate auf Bali. Dort startete ich mein Leben als digitale Nomadin. Ich lernte unterschiedlichste, inspirierende Leute kennen und engagierte mich vor Ort für Umweltschutz. Kurzum: ich probierte mich aus.

Nach einem halben Jahr kehrte ich zurück nach Europa in meine Lieblingsstadt, Lissabon. Doch mit der Ankunft dort fühlte ich mich abermals leer. Ich hatte diverses ausprobiert und jede Menge Spaß gehabt, aber ich merkte, mir fehlte eine Vision: Was konkret will ich erreichen?

Wieder war es die Nähe zum Meer, die mir die Erkenntnis brachte: Ich wusste, ich will nicht länger nach außen Reisen. Ich will nach innen Reisen – zu mir. Ich will entschleunigen und in mich hineinhören. Ich will Ruhe haben, um zu reflektieren und alles hinter mir lassen. Ich will aufs Meer.

Ich will zurück zu dem, was mir schon als Kind Freude gebracht hatte. Ich will segeln. Ich will in das Leben auf einem Boot eintauchen, Dinge reparieren, Vorgänge besser verstehen. Ich will Slow Travel erfahren. Ich will im Einklang mit der Natur sein. Ich will die einfachen Dinge schätzen.

So machte ich mich an die Planung.

Das Projekt Atlantiküberquerung war geboren

Da mir die Idee schon länger im Hinterkopf herumgegeistert war, wusste ich, dass im Herbst/ Winter die Saison für die Atlantiküberquerung ideal wäre. Ich meldete mich auf diversen Webseiten und in Facebook Gruppen zu dem Thema Atlantiküberquerung an, um meine Hilfe als Crewmitglied anzubieten. Nach einigen Anfragen und Videocalls lernte ich Tom und sein Boot "Moira" kennen. Auf Anhieb hatte ich ein gutes Gefühl und entschied nach wenigen Telefonaten mit ihm zu segeln.

Es begann eine aufregende Phase der Vorbereitung. Mit wenig Gepäck zu reisen kannte ich. Nun packte ich allerdings ohne die Möglichkeit unterwegs etwas nachkaufen zu können. Ich brauchte kuschelige Sachen, schnell trocknende Sachen, wetterfeste Sachen und auch leichte Kleidung. Außerdem brauchte ich etwas, über das ich mich ab und an freuen würde: ich entschied mich für eine Box voller abwechslungsreicher Teesorten. Und dann ging's auch schon los!

Im Oktober 2019 ging ich auf Lanzarote an Bord von Moira, einer Hallberg-Rassy 43. Es war zunächst ein komisches Gefühl, denn ich kannte es zwar in den Segelurlaub zu fahren, aber bei diesen Yachtcharter-Reisen übernimmt man gemeinsam ein 1A-hergerichtetes Boot und lernt es kennen. Es ist vergleichbar mit einem gemieteten Campervan oder einem Besuch in einem Ferienhaus. Dieses Mal war es anders: Moira ist Tom's zuhause. Er hat an Bord alles so gestaltet, wie er es mag und braucht. Er hat seine Art und Weise wie er durch den Bootsalltag kommt. Ich machte mir Gedanken, ob wir uns dort schnell einleben würden. Diese Gedanken waren völlig überflüssig, denn schon nach kürzester Zeit gab Tom, uns als Crew, das Gefühl ebenso hier zuhause zu sein, wie er.

Der Beginn der wegweisendsten Reise meines Lebens

Zu viert segelten wir entlang der kanarischen Inseln und hatten eine unfassbar schöne Zeit uns gegenseitig kennenzulernen und die abwechslungsreichen, vulkanischen Inseln zu erkunden. Unterwegs sahen wir Schildkröten, wurden von Delfinen begleitet und ab und an entdeckten wir auch Wale. Das Segeln auf dem Atlantik war sportlich bei Sturmböen von bis zu 40 Knoten und Wellen von 3 bis 4 Metern. Dabei lernte ich das Boot, unsere Moira, sehr gut kennen. Bald surften wir als eingespieltes Team herrlich über die Wellen des Atlantiks. Mein Vertrauen in das Boot und in unsere Crew wuchs und so kam es, dass wir schon nach einer Woche so sehr zusammengeschweißt waren, wie eine kleine Familie.

Obwohl ich Tom als Skipper sehr schätzte und mit Moira ein hochwertiges Segelboot mein zuhause auf Zeit nennen durfte, verspürte ich doch ein krasses Gefühl als wir bei der westlichsten Insel, El Hierro, angekommen waren. Dies war nämlich zugleich die letzte Möglichkeit noch einmal zu erwägen, ob ich dieses Unterfangen tatsächlich durchführen sollte: Offshore segeln. Offshore Segeln bedeutet segeln auf hoher See, weg vom Land. Es bedeutet Segeln morgens, mittags, abends, nachts - durchgängig.

Bislang hatte ich nur gelegentlich mal eine Nacht durchsegelt, die allerdings die Gewissheit mit sich brachte am Morgen anzukommen. Meistens haben wir dann erstmal nach unserer Ankunft Schlaf nachgeholt. Wenn wir nun Offshore Segeln würden, würde es 5 Tage dauern bis wir das nächste Mal Land sehen. Wir würden bei Ausfällen und Problemen auf uns allein gestellt sein.

Neben Tom und mir waren zwei weitere Mitsegler an Bord: Miri und Alex. Beide supercoole Leute, die allerdings nicht allzu viel vorherige Segelerfahrung gesammelt hatten. Ich fühlte mich also neben Tom mitverantwortlich sicher zu stellen, dass wir mit Moira gut für die Reise vorbereitet waren. Ich fragte Tom nach Sachen, die noch zu reparieren waren; wir machten letzte Einkäufe; wir kochten ein paar Mahlzeiten vor; ich schrieb den Wachplan, telefonierte nochmal mit meinen Liebsten und dann mussten wir noch tanken.

Mitgehangen, mitgefangen

Als sich ein gutes Wetterfenster ergab, fuhren wir von unserem Hafen in den Nachbarhafen zur Tankstelle und wollten von dort aus in See stechen. Wir hatten jedoch ein wenig getrödelt und kamen anstelle gegen Mittag erst um 16:00 Uhr dort an und: die Tankstelle hatte zu! Wir waren 10 Minuten zu spät. Nun standen wir da mit halb vollem Tank und wollten gerade überlegen noch eine Nacht zu bleiben. Doch der Skipper entschied: Wir fahren! Und so ging es ruckizucki los: 4 Segler, Moira und ein halb voller Tank mit Reservekanistern für den Notfall. Ich war aufgeregt, hatte Respekt und zugleich war ich voller Vorfreude.

Bei 30 Knoten Wind und Wellen mit wehenden Schaumkronen segelten wir in den Nachmittag.
Um 18:30 Uhr ging die Sonne unter und von 19:00 bis 22:00 Uhr startete meine erste Nachtwache. Zu zweit saßen Miri und ich draußen, schauten abwechselnd über den Horizont, übernahmen ab und an das Steuer, um es dann wieder dem Autopiloten zu überlassen, aßen Snacks und sprachen über diverse Themen. Dann wurden wir abgelöst und es ging ins Bett. Ich schlief sofort ein.

Um 1:00 Uhr klingelte erneut mein Wecker. Die zweite Schicht wartete. Draußen hörte es sich stürmisch an, genauso als ich das Deck verlassen hatte. Ich sehnte mich danach einfach liegen zu bleiben und eine Runde weiter zu schlafen. Es war so schön warm und gemütlich hier drinnen. Doch ich musste mich aufraffen. Ich dachte noch, dass ich gespannt bin, wie ich mich im weiteren Verlauf schlage mit diesen ganzen Nachtschichten.

Zum Glück war die zweite Schicht ruhiger als befürchtet. Trotzdem, als um 4:00 Uhr die Ablösung kam, reichte es auch und ich war froh mich hinlegen zu können. “Oh man um 7:00 Uhr kommt die nächste Schicht”, dachte ich. Unter Deck lauschte ich noch kurz den Bootsgeräuschen, dem Rauschen und Plätschern der Wellen, dem Knarzen des Holzes und eh ich mich versah, war ich auch schon eingeschlafen.

Was mache ich hier eigentlich?

Nach rund 48 Stunden unterwegs ging es mir grausam. Ich verfluchte meinen Wachplan, den ich doch selbst geschrieben hatte. Ich hatte bei der Einteilung unserer Schichten darauf geachtet, dass immer zwei Leute an Deck waren, damit wir auch in Notfällen schnell reagieren können. Was ich unterschätzt hatte war, wie schwer die Umstellung des Schlafrhythmus sein würde und wie wichtig ein ausgeruhter Zustand für mein Wohlbefinden war.

Es war die zweite Nacht in Folge, in der ich zwei Nachtschichten übernahm. Es fiel mir schwer tagsüber den Schlaf wieder aufzuholen. Außerdem schlief ich zeitweise im Salon, um meine Kabinennachbarin nicht zu wecken. Ich glaube, dass ich mich etwas davon erkältet hatte. Hinzu kam, dass mir in der Nacht übel geworden war und ich mich über der Reling übergeben musste - ganz zum Entsetzen meines unerfahrenen Wachpartners, der mich währenddessen festhielt.

Den ganzen Tag danach fühlte ich mich miserabel. Ich hatte starke Kopfschmerzen, ein leicht flaues Gefühl im Magen, keinen wirklichen Hunger und war konstant müde. Es fühlte sich einfach alles wirklich Hardcore an und so schossen mir mit einem Mal Fragen in den Kopf wie: Was mache ich hier? Warum mache ich das? Warum schaukelt es die ganze Zeit? Wann sind wir endlich da?

Die Wende

Um 16:00 Uhr an diesem grausigen Tag begann meine Tagesschicht. Tagsüber übernahmen wir allein unsere Schichten, weil dann ohnehin alle wach waren und schnell im Notfall bereitstehen würden. Ich fühlte mich grottig. Bis zur Schicht hatte ich nur gelesen, gelegen, ein bisschen Ukulele gespielt und wieder gelegen. Nun entschied ich mich, dass ich genug gelegen hatte und wollte mich zum Steuer quälen. Ich stellte mich also ans Steuerrad, machte meine Italo Pop-Playlist an, stellte den Autopiloten aus und übernahm das Steuer. Wie ich über den Horizont sah, entdeckte ich den beginnenden Sonnenuntergang und auf einmal breitete sich eine ganz andere Stimmung in mir aus. Ich konnte wieder das genießen, was ich gerade erst noch verflucht hatte: Die Wellen, den Wind, das Segeln. Ich hörte die Musik und surfte mit Moira über die Wellen gen Sonnenuntergang, von nichts getragen außer dem Wind. Ein magischer Moment. Diese Tagesschicht hat mir gezeigt, dass alles eine Frage der Perspektive ist, eine Einstellungssache.

Freiheit auf See

Am 3. Tag auf See fühlte ich mich sehr wohl. Die Übelkeit war verflogen, an den Schlafrhythmus hatte ich mich gewöhnt und ich genoss die Reise. Wenn ich mein Gefühl zu dieser Reise irgendwie beschreiben kann, dann vielleicht so: Auf dem Ozean spürst du dich der Natur und den Elementen Wasser und Wind so nah, wie nirgends sonst. Du fühlst dich klein. Du fühlst dich frei.

Täglich wurden wir von Tieren besucht: meist zu Sonnenaufgang oder -untergang schauten Delfine vorbei, zwischendurch flogen Vögel um das Boot herum und rasteten kurz auf umliegenden Wellen, um danach wieder auf Fischfang zu gehen. Ich wurde von einem fliegenden Fisch geohrfeigt, der sich an Bord verirrt hatte. Und nachts wurde es besonders magisch: Das Wasser, das unsere Moira durchquerte, fluoreszierte. Eines Abends tauchten sogar große "Blitze" hinter dem Boot auf. Wir vermuten, dass es eine Art leuchtende Quallen gewesen sein muss. Einfach wunderschön! Ich habe all diese Erlebnisse extrem genossen.

Mit jedem Tag wurde der Wind etwas sanfter. Während wir noch mit 30 Knoten Starkwind von den Kanaren gestartet waren und sich Moira segelte als würde sie zum Weihnachtsschlussverkauf wollen, hatten wir nun entspannte 10 bis 15 Knoten Wind. Wir glitten über die Wellen, ich saß vorne am Bug des Bootes und ließ die Füße über die Reling baumeln. Ab und an bekam ich ein paar Spritzer einer Welle ab und ich konnte mir überhaupt nicht vorstellen, bald wieder an Land zu sein. Doch der Moment kam.

Land in Sicht!

Nach vier vollen Tagen auf See haben wir einen Leuchtturm in der Ferne gesichtet. Unsere Ankunft in Kap Verde, ein Inselstaat westlich von Afrika, stand bevor. Nach kurzer Zeit konnten wir bereits deutlich das Licht der flachen Insel Sal sehen. Es war ein interessantes Gefühl wieder auf Land zuzusteuern. Einerseits war es ein großartiges Gefühl das Land zu sehen und sich innerlich zu freuen, dass die Navigation aufgegangen ist. Andererseits war es auch der Augenblick, in dem ich feststellte, dass die erste Etappe der Überquerung sehr schnell vorüber ging und ich wäre gern noch eine Runde weiter gesegelt. Doch die Freude überwiegte bei Weitem und ich war gespannt die afrikanische Insel kennenzulernen.

Auch spannend war, dass wir die Insel im Dunkeln ansteuerten. Im Revierführer hatten wir gelesen, dass nicht alle Leuchtfeuer auch zuverlässig leuchteten. Es war eine sternenklare Nacht als wir uns der Insel näherten und gerade rechtzeitig für unsere Anfahrt ging der Mond auf und zeigte uns den Weg.

Gegen Mitternacht kamen wir in unserer geplanten Bucht an. Wir segelten wirklich bis zum Ziel, warfen den Anker, und stießen erstmal darauf an, dass wir gut und sicher angekommen waren. Allerdings ließen wir den Abend auch schnell ausklingen, da wir alle recht erschöpft waren.

Am nächsten Morgen wachte ich auf und merkte, "Wow, ich bin landkrank!". Ich war landkrank davon, dass wir in einer ruhigen Bucht vor Anker lagen. Lustig, dass sich mein Körper so schnell an die großen Wellen gewöhnt hatte, dass mein Gleichgewichtsgefühl nun innerlich weiter schaukelte.

Wir machten das Schlauchboot, genannt Dinghy, bereit, um an Land zu fahren und einzuklarieren. Das bedeutet, dass wir uns und das Boot bei den Behörden anmelden mussten. Es wirkte so surreal. Wir stießen von unserem täglichen Leben auf See plötzlich mitten in das bunte, afrikanische Inselleben! Als wir mit dem Schlauchboot im Hafen ankamen, sahen wir Fischer, die ihre Netze sortierten und Fisch weg transportierten. Wir sahen Jungs, die vor einer Bar abhingen, A cappella Musik machten und tanzten. Wir sahen Obstverkäuferinnen, die auf der Straße lautstark ihre Waren anboten. Und dann waren da wir: die 4 Segler am Hafenbüro zum Einklarieren. Es war eine absurde Szene.

Nach dem Einklarieren, entschlossen wir uns lokale Sim-Karten zu holen, um daheim Bescheid zu geben, dass wir angekommen waren. Erst als ich im Toyota Taxi-Bus mit zwei meiner Mitsegler und 12 Afrikanern saß, wurde mir wirklich klar: "Wir sind da!".

Dies war meine erste Offshore-Erfahrung. Ich hatte den Schritt gewagt, die Küste hinter mir zu lassen und war 4 1/2 Tage, rund 700 Meilen, durchgehend gesegelt. Während dieser Zeit wurden wir vom Wind getragen, von der Natur begleitet und wir fühlten uns frei. Ich merkte, wie das Boot mein zuhause geworden war. Ich war sehr stolz, zufrieden und überglücklich diese Herausforderung eingegangen zu sein. Mehr als das: Ich wusste nun, dass ich den Atlantik bis in die Karibik überqueren wollte und freute mich aufs weitere Abenteuer.

Ahoi! Ich bin Franzi, eine freiheitsliebende Abenteurerin, die vor rund 2 Jahren ihren Job hinter sich gelassen hat, um Neues zu entdecken. Und das habe ich! Eine bunte Welt voller neuer Erfahrungen und Eindrücke wartete auf mich. Besonders wegweisend war für mich die Atlantiküberquerung im Winter 2019. Ich bin seither dem Segelthema treu geblieben.

Inzwischen betreibe ich mit meinem Freund eine Yachtcharter Agentur, Soul Sailing Charter und organisiere private Mitsegeltörns via Soul Sailing Crew. Schaut gern mal vorbei!

www.soul-sailing-charter.com
www.soul-sailing-crew.com

Außerdem schreibe ich gemeinsam mit meiner Freundin und Seglerin Alisa an einem Buch. Wir möchten damit die Lehren, die wir aus unseren Erfahrungen auf den Ozeanen Atlantik und Pazifik gezogen haben, mit euch teilen.
Wenn ihr auf dem Laufenden bleiben wollt, empfehle ich meinen Instagram Account.

Instagram: @Sailonthesunnysideoflife

KAPITEL 7

Take me to the ocean

von Luisa Mehl

» The ocean stirs the heart, inspires the imagination and brings eternal joy to the soul. «

- Robert Wyland

Tropische Vögel, riesige Landschildkröten, Palmen soweit das Auge reicht und Strände mit kristallklarem Wasser. Es klingt nicht nur paradiesisch, sondern erfüllt auch alle Erwartungen, die man aus Katalogen und Blogbeiträgen versprochen bekommt. Die Seychellen sind eine Traumdestination und das kann ich dankbarerweise nur behaupten, da ich schon früh mit meinen Eltern die Welt erkunden durfte. Unter anderem waren auch viele wunderschöne Strände dabei. Aber die Seychellen haben alles getoppt. So sehr, dass ich nach meinem Urlaub beschlossen habe, dort hinzuziehen und zu arbeiten. Dabei fing die Reise unter ein paar nicht so schönen Umständen an.

„Leider müssen wir dir mitteilen, dass wir deinen Vertrag nicht verlängern können." Ich war geschockt. Nach zwei Jahren in der Firma war ich mir so sicher, dass ich weiterhin dortbleiben kann. Ich habe als Projektmanagerin in einem Team gearbeitet und mich um Messeauftritte gekümmert. Die Arbeit hat Spaß gemacht und das Team war klasse. Ich hatte keinen Plan B in der Hand, weil ich diesen als nicht nötig erachtet habe. Und plötzlich hieß es, dass ich in 3 Monaten etwas Neues brauche. Eine neue Arbeit. Eine Auszeit? Reisen? Im Ausland arbeiten? Als sie mir die Tatsache auf den Tisch knallten, schossen mir tausend Gedanken durch den Kopf. Vor allem aber „bloß nicht die Fassung verlieren!". Die Welt wird nicht untergehen. Wo sich eine Tür schließt, öffnet sich eine andere. Heute bin ich froh darüber, dass man mich quasi ins kalte Wasser geschmissen hat. Ich bin sogar etwas dankbar.

Nachdem ich nun also meine Gedanken sortiert habe, bin ich auf Jobsuche gegangen. Ich konnte mich noch nicht ganz von einem „organisierten" Leben losreißen. Erst einmal einen Job und dann vielleicht noch etwas Urlaub dazwischen. Ich hatte Glück. Recht schnell habe ich eine tolle Position in einem Start-up in Hamburg gefunden. Erste Mitarbeiterin, tolle Vorgesetzte, gemütliches Büro in der Schanze. Herrlich. Und zwei Wochen Urlaub konnte ich auch noch dazwischenschieben. Wie das alles ändern sollte, konnte ich bis dato noch nicht erahnen.

Es waren also meine letzten Wochen mit meinem alten Team und wir haben gemeinsam überlegt, wo die Reise für zwei Wochen hingehen könnte. Es war Mai 2017. Ich würde mal wieder allein reisen und wollte eher etwas Entspanntes machen. Ein wenig Strand, etwas Kultur, vielleicht ein paar Wanderungen. Da meinte meine Kollegin zu mir: „Flieg doch auf die Seychellen!" Sie war gerade erst zu Weihnachten dort und war absolut hin und weg. Seychellen. Seychellen? Wo liegt das überhaupt? Ist das nicht so eine „Honeymoon Destination"? Ich fing an im Internet zu recherchieren. Als ich die Bilder sah war ich sofort überzeugt. Solch schöne Strände? Das kann doch alles nur Photoshop sein. Kurz darauf bin ich zu einer Bekannten ins Reisebüro und habe alles mit ihr gebucht. Ja, ich liebe den klassischen Weg des Reisebüros. Was auch mein Glück war, da am Tag meiner Abreise Air Berlin pleite ging und ich somit nicht losfliegen konnte. Ich habe im Reisebüro angerufen und sofort einen neuen Flug für den nächsten Tag bekommen. Die Reise ins Paradies konnte beginnen.

Ankunft Mahé International Airport. Allein der Landeanflug auf die Hauptinsel Mahé ist schon ein Highlight für sich. Im Tiefflug über den Indischen Ozean kann man schon einen ersten Blick auf den St. Anne Marine Nationalpark erhaschen, welchen ich mir später auch noch angucken sollte. Bei der Reiseplanung habe ich mich für ein Inselhopping entschieden. Der Klassiker ist Mahé, Praslin, La Digue. Wobei ich Mahé zum Abschluss machen wollte, damit ich auf der Insel bin, wo auch mein Flug zurück nach Deutschland geht.

So startete meine Reise auf Praslin. Gelandet auf Mahé, wurden Gäste mit Bussen zum Hafen gefahren, um auf die Fähre nach Praslin zu gelangen. Am Hafen von Mahé angekommen, wusste erst einmal keiner, was er oder sie machen sollte. Alles war irgendwie chaotisch und dennoch organisiert. Ich war müde und kaputt. Ich wollte nur eine Dusche und irgendwo am Strand ein Schläfchen machen. Wie sich aber herausstellte, war allein schon die Fährfahrt ein Traum. Eine ganze Stunde sind wir über den Indischen Ozean von Mahé nach Praslin gefahren. Das Meer war ruhig, die Sonne schien und die Wasseroberfläche glitzerte. Eine salzige Brise wehte mir um die Nase und ich war direkt im Urlaubsmodus. Alles was die letzten Wochen passiert ist, war wie weggeblasen.

Die Einfahrt in den Hafen von Praslin war der nächste Höhepunkt. Türkisblaues Wasser so weit das Auge reicht. Ich habe mich gefragt, wie dann wohl die

Strände aussehen, wenn allein der Hafen schon so wunderschöne Farben hat.

Im Hotel angekommen, habe ich mir den Bikini angezogen und mich an den Strand gelegt. Dieser war auf Grund der Flut leider nicht wirklich vorhanden und ich habe mich mit meinen Photoshop Bildern schon fast bestätigt gefühlt. Aber später wurde ich eines Besseren belehrt.

Da saß ich nun. Mit einem kühlen Seybrew in der Hand, das lokale Bier der Seychellen und Blick aufs Meer. Vorher hatte ich mich mit einem Mitarbeiter der lokalen Reiseagentur um ein paar Ausflüge gekümmert. Dass wir einmal Kollegen sein werden, wusste ich zu diesem Zeitpunkt noch nicht.

Ich starrte also auf das Wasser und konnte meinen Augen nicht trauen. Es war nichts Außergewöhnliches. „Nur" ein Sonnenuntergang. Aber für mich sind Sonnenuntergänge etwas Einzigartiges. Vor allem auf den Seychellen. Ich habe schon Sonnenuntergänge in Australien im Outback gesehen. Diese waren mindestens genauso atemberaubend. Aber mit dem Indischen Ozean davor und fliegenden Fischen, die über das Wasser schwebten, war ich schon an meinem ersten Abend verliebt in diesen Ort. Der Himmel war goldgelb, flammte dann in Rottönen auf und ging über in Pink, dann Violett und zum Abschluss war alles Tiefblau und der Sternenhimmel kam zum Vorschein. Wahnsinn!

An meinem ersten Tag ging es für mich direkt in das Vallée de Mai, neben dem Aldabra Atoll eines der UNESCO-Weltnaturerbe auf den Seychellen und an den Anse Lazio. „Anse“ kommt aus dem Französischen und bedeutet dort so viel wie Strand oder Bucht. Da ich für diese Reise eine recht kurze Vorbereitungszeit hatte, habe ich versucht mich einfach mal treiben zu lassen. Ich hatte absolut keine Vorstellung von dem, was mich im Vallée de Mai erwarten sollte. Umso schöner war die Überraschung plötzlich vor der Pflanze mit dem größten Samen und den größten Blättern in der gesamten Pflanzenwelt zu stehen: die Coco De Mer. Ich fühlte mich plötzlich ganz klein. Wie in einem *Jurassic Park*. Die Blätter der Coco De Mer können vom Stiel bis zur Blattspitze 15 Meter messen. In der Spannweite 5 bis 6 Meter. Es war beeindruckend. Ich werde den Moment nie vergessen, als ich mich von der Gruppe ein wenig habe zurückfallen lassen und der Wind plötzlich durch die Dächer der Palmen streifte. Das Rascheln, das Blinzeln der Sonne. Ich atmete tief durch.

Auch hier wusste ich zu diesem Zeitpunkt noch nicht, dass ich noch mindestens 100 Mal durch das Vallée de Mai als Tourguide gehen sollte und immer wieder das gleiche faszinierende Gefühl haben werde. Als wäre ich das erste Mal dort, um mich von dieser Pflanze verzaubern zu lassen. Wir lernten von unserem Tourguide, dass es eine männliche und eine weibliche Coco De Mer gibt. Die Nuss, berühmt für die Form eines weiblichen Gesäßes, kann nur entstehen, wenn die weiblichen Blütenstände vorher von der männlichen Coco De Mer besamt werden. Und wie es der Zufall so will, sehen die männlichen Blütenstände der Coco De Mer aus, wie ein Phallus. Auf den Seychellen erzählte man sich früher die Geschichte, dass die Blütenstände nachts von den Pflanzen hinabgestiegen sind, um Liebe zu machen und sie sich somit vermehrt hat. Heute weiß man, dass es zum größten Teil den Geckos zuzuschreiben ist, dass sich die Coco De Mer weiter auf Praslin ausbreitet. Denn sie gehen an die männlichen Blütenstände, um den Nektar zu naschen und ebenfalls an die weiblichen. Wenn man genau hinriecht, kann man einen Duft von Popcorn im Vallée de Mai vernehmen. Das sind die männlichen Blütenstände der Coco De Mer. Die weiblichen riechen süßlich und sind nur einmal im Jahr für 24 Stunden geöffnet. Und genau in der Zeit muss der Blütenstand befruchtet werden, damit eine neue Nuss (oder auch Samen) heranreifen kann. Nach ca. 7 Jahren fällt die Nuss zu Boden. Es ist der größte Samen der Welt mit 25 bis 35 kg und aus ihr kann nun eine neue Coco De Mer wachsen. Ein kleiner Exkurs in die einzigartige Pflanzenwelt der Seychellen.

Nach dem Ausflug im Landesinneren der kleinen, gemütlichen 11 mal 4 km großen Insel Praslin, ging es über ein fabelhaftes kreolisches Buffet zum Mittag weiter zum Anse Lazio. Und schon wieder: ich war sprachlos. Dieser Strand. Dieses Wasser. Dieser Sand. Ich konnte meinen Augen nicht trauen und habe gefühlt tausende von Bildern geschossen. Eines schöner als das andere. So etwas habe ich noch nicht gesehen. Auf jeden Fall musste ich dort noch einmal hin.

Am nächsten Tag wartete ein neues Abenteuer auf mich. Es ging mit dem Katamaran einmal um den ganzen Norden Praslins, inklusive Stopp bei St. Pierre zum Schnorcheln und Wanderung über die Insel Curieuse, wo wir die riesigen Landschildkröten sehen sollten. St. Pierre ist im Prinzip nur eine kleine felsige Insel, wo ein paar Palmen draufstehen. Aber ein toller Spot zum Schnorcheln.

Ich sprang also ins Wasser und machte direkt meine erste Erfahrung mit nesselndem Plankton. Man sieht es nicht, aber man spürt die fiesen kleinen Stiche auf der Haut. Das geht aber recht schnell wieder vorbei und ich konnte mich auf die Schwärme von Fledermausfischen konzentrieren. Sie sind so an Touristen gewöhnt, dass man sie quasi streicheln kann, wenn sie an einem vorbeigleiten. Was auch erwähnt werden sollte, sind die zu fast 90 % abgestorbenen Korallen rund um die Seychellen. Durch das Wetterphänomen El Niño sieht dort leider alles recht tot aus. Fische und auch Meeresschildkröten oder auch kleine Haie kann man trotzdem noch sehen. Für Schnorchel-Liebhaber ist es auf jeden Fall ein Highlight mit einer Karett- oder Grünen Meeresschildkröte zu schwimmen, so wie wir es in der kleinen Gruppe getan haben. Ich habe mich vor lauter Freude fast an meinem Schnorchel verschluckt. Die Fahrt mit dem Katamaran ging weiter nach Curieuse.

Die Insel ist aus der Vergangenheit dafür bekannt, dass zu Zeiten der Lepra-Epidemie, die Kranken dorthin in Quarantäne gebracht wurden. Heute können die Touristen auf Curieuse die großen Aldabra-Riesenschildkröten beobachten. Ich war hin und weg.

Auf allen Vieren bin ich neben den Schildis hergeschlichen, um ein paar hautnahe Aufnahmen zu machen. Es schien, als würde sie es gar nicht stören. Sie haben in aller Seelenruhe ihr Futter gegessen und sich die Touristen angeschaut. Als ich mich aus Versehen einer Schildkröte in den Weg gestellt habe, konnte ich mich von ihrem Gewicht, was bis zu 200 kg sein kann, überzeugen, denn sie lief in Zeitlupe über meinen Fuß. Für einen Moment waren wir uns ganz nah. Und ich war froh, als der Schmerz dann wieder nachließ.

Wir haben unheimlich viel über die Schildkröten und die Insel gelernt. Auch über die Geschichte der Seychellen und deren Kultur. Ich wurde immer weiter in den Bann der paradiesischen Inseln im Indischen Ozean gezogen. Gekürt wurde der Tag mit der Anse Georgette. Vom Katamaran hatten wir einen Blick auf einen weißen Strand, gesäumt von türkisblauem Wasser mit etlichen Palmen im Hintergrund. Ich weiß, ich fange an mich zu wiederholen und man fragt sich vielleicht „wie kann das sein?". Immer wieder diese wunderschönen Strände und atemberaubende Natur. Irgendwann fehlen einem wirklich die Worte, um es nochmals zu beschreiben. Einer der französischen Entdecker der Seychellen, hat die Inseln damals als *Garten Eden* beschrieben. Und genau das sind sie landschaftlich betrachtet.

Ich habe also bereits nach vier Tagen mein Herz an diese wunderschöne Inselgruppe verloren, obwohl ich bisher nur eine Insel gesehen habe. Vor meiner Weiterreise nach La Digue, der kleinsten bewohnten

Insel der *Inner Islands* der Seychellen, habe ich noch nicht gewusst, dass mich dort eine Reiseleiterin namens Lara erwartet. Sie wird später der Schlüssel zu meinem Leben auf den Seychellen sein.

Auf La Digue angekommen, ist man direkt dem Flair der kleinen Insel verfallen. Alles ist noch langsamer, entspannter und ruhiger. Trotz des ersten Trubels am Hafen, wo die Gäste um ihre Koffer kämpfen und versuchen den Transfer zu finden, verläuft sich alles recht schnell. Man sieht an jeder Ecke die „Rastas" auf ihren Rädern, was dort das Hauptverkehrsmittel ist und hört die loungigen Klänge von Reggae Musik. Ich wusste sofort: das ist mein *Place to be.* Nach dem Check-In im Hotel, bin ich sofort auf mein Rad und habe die Insel erkundet. Direkt Bekanntschaft mit den Einheimischen gemacht und eine Wanderung zur Anse Cocos unternommen. Auf den Seychellen bleibt man nie lange allein. Die Einheimischen, Seychelloise genannt, sind offen und herzlich. Haben immer ein Stück Fisch übrig und laden dich auf ein BBQ ein. So auch Lara, meine Reiseleitung.

„Ich möchte auch gerne mal im Paradies arbeiten!", sagte ich. Lara, ein paar Freunde und ich saßen beim Abendessen in ihrem Garten. „Wir suchen immer Leute. Vor allem deutschsprachiges Personal, weil die deutschen Touristen aktuell die meisten Gäste auf den Inseln ausmachen." Der Satz hallte noch etwas in meinem Hinterkopf nach, aber dann haben wir den gegrillten Fisch genossen, gelacht und erzählt, was jeder so erlebt hat. Sie hat mir noch ein paar Tipps gegeben und meine vier Tage auf La Digue unvergesslich werden lassen. Mein Highlight war das Abendessen im Restaurant Bellevue – direkt am Berg gelegen mit einem unvergesslichen Sonnenuntergang hinter Praslin. Ja, ich liebe Sonnenuntergänge.

Meine letzte Station war die Insel Mahé. Dort angekommen war alles plötzlich laut, groß, chaotisch. Wie in einer Großstadt. Obwohl die Insel auch nur ca. 26 km lang ist, fühlte es sich an wie ein kleiner Kulturschock. Doch auch diese Insel habe ich lieben gelernt. Organisierte Ausflüge über die Insel haben mir die Höhepunkte gezeigt und mit den öffentlichen Bussen und durch das Trampen auf Trucks, habe ich die Einwohner kennengelernt. Ich fühlte mich jederzeit überall willkommen. Dort sind alle gleich. Rassismus in dem Sinne existiert gefühlt auf den Seychellen nicht. Nach zwei Wochen war ich so verzaubert, dass ich absolut nicht zurück nach Deutschland wollte. Aber der Rückflug stand an und mir blieb nichts Anderes übrig. Mit einem lachenden und einem weinenden Auge stieg ich in das Flugzeug und wusste, dass es nicht mein letzter Besuch gewesen sein würde. Noch nie habe ich das bei einem anderen Urlaubsziel so sehr gespürt.

„Sag mal, wie ernst war eigentlich deine Aussage, dass ihr deutsche Reiseleiter sucht?". Ungefähr so sah meine Nachricht an Lara vier Wochen nach meiner Rückkehr nach Deutschland aus. Ich habe meinen neuen Job begonnen, aber konnte nicht aufhören zu träumen. Was wäre, wenn? Wenigstens einmal versuchen? Oder ist alles nur Träumerei? Wie kann ein Land einen so verzaubern, dass man plötzlich dort leben möchte? Das war eigentlich nie mein Plan. Reisen ja. Zu Hause ist Berlin oder eben Hamburg eine Zeit lang. Aber die Seychellen?

Und so kam es wie es kommen sollte. Ich zog auf die Seychellen und arbeitete als Reiseleitung und Tourguide im ersten Jahr und als Sales Manager im zweiten Jahr, nach einer Beförderung. Während dieser zwei Jahre habe ich etliche Freunde und Familie begeistern können mich zu besuchen. Wir sind uns alle einig: die Seychellen sind ein Traum. Auch habe ich immer versucht meinen Gästen so viel von den Inseln mitzugeben, wie nur möglich. Ausflüge organisiert, Tipps gegeben, immer ein offenes Ohr gehabt. Doch man darf nicht vergessen: auch das Paradies hat seine Schattenseiten und so können die Seychellen auch tropische Stürme in der Regenzeit haben und das Paradies sieht plötzlich ganz grau und schmuddelig aus. Aber wenn man sich ausreichend Zeit nimmt, vorher etwas plant und genau schaut wann man zu welcher Jahreszeit auf welcher Seite der Insel seine Unterkunft buchen sollte, dann kann einem quasi nichts mehr passieren.

Seit einiger Zeit bin ich wieder zurück in Deutschland. Ich habe es genau vier Monate ausgehalten, mit einem Abstecher nach Costa Rica und bin anschließend noch einmal für einen längeren Urlaub auf die Seychellen geflogen. Es gibt dort einen Baum, der nennt sich Breadfruit Tree oder auch Brotfruchtbaum. Die Einheimischen sagen, wenn man davon isst, dann kommt man wieder zurück auf die Inseln. Ich habe damals wohl etwas zu viel von der Frucht genascht, die wie Kartoffel schmeckt. Ein Teil von mir wird wohl immer auf den Inseln sein, sich im kristallklaren Wasser verlieren und jedes Mal beim Sonnenuntergang eine Gänsehaut bekommen.

Mon kontan Sesel – ich liebe die Seychellen.

Moin zusammen!
Mein Name ist Luisa, ich bin 30 und Berlinerin.
Ich komme aus dem Marketingbereich und habe unter anderem für einen großen Laborkonzern und ein Elektronikunternehmen gearbeitet. Es hat viele Reisen gebraucht, um festzustellen, dass mein Herz eigentlich für den Tourismus schlägt, aber manchmal sieht man den Wald vor lauter Bäumen nicht. Meine Reise auf die Seychellen, hat mir in vielerlei Hinsicht die Augen geöffnet und ist nun ein wesentlicher Teil in meinem Leben, den ich nicht mehr missen möchte. Lasst euch ebenfalls von diesem Paradies verzaubern. Es lohnt sich.
Instagram: @luisazucker

KAPITEL 8

Wie ich mir meinen Kindheitstraum auf den Malediven erfüllte –

Der größte aller Haie

von Yvonne Heinzelmann

» Geht nicht, gibt's nicht.
Es geht so nicht, das gibt's! «

- Artur Fischer

„Lies mir nochmals die Seite über den Walhai vor“ bettelte ich, als 8-jährige Version meiner selbst, meine Mama kurz vor dem Einschlafen an. Meine Mutter las mir geduldig weiter aus meinem Lieblingsbuch vor. Ein Lexikon über Haie und Rochen, das war, zur großen Überraschung meiner Eltern, mein Lieblingsbuch als Kind.

Unter der Rubrik „Welche Haie sind harmlos“ las meine Mutter mir Folgendes vor:

„Das hängt ganz davon ab, was die Haie verschiedener Artzugehörigkeit unter natürlichen Umständen fressen. Bekanntlich gibt es keinen „echten” Menschenhai, der vorwiegend von Menschenfleisch lebt. Er müsste längst verhungert sein. Insgesamt kennen wir etwa 300 verschiedene Arten. Die Hälfte davon lebt in der Tiefsee unterhalb von 300 Metern und tritt nie in den Lebensbereich des Menschen. Unter den Oberflächenhaien gibt es alle Größen vom nur 24 Zentimeter kleinen Steuerschwanz-Katzenhai bis zum 13,70 Meter mächtigen Walhai. Die Hälfte aller Haie bleibt kleiner als einen Meter. Nur 18 Prozent sind Riesen über 2 Meter. Die Größten sind die harmlosesten. Denn sowohl der Walhai als auch der (...) Riesenhai ernähren sich nur, wie Bartenwale, von fingerkleinen Planktonkrebsen. Mit weit aufgerissenem Riesenmaul kreuzen sie im Bummeltempo von einem Meter pro Sekunde wie ein lebendes Fischernetz durch Planktonschwärme.”

Was ist Was, Haie und Rochen, Band 95 des Tessloffs Verlags, 1993

Einmal den größten Hai der Welt, den Walhai sehen, träumte ich häufig vor mich hin, wenn ich ins Bett gebracht wurde. Eines Abends erzählte ich meiner Mama davon, dass ich, wenn ich groß bin, mit einem Walhai schwimmen werde. Bereits als Kind faszinierte mich die Größe, die außergewöhnliche Färbung und der Anmut dieser Tiere. Meine Mama lachte nur und meinte, diese Tiere kann man nur im Buch anschauen, mit solchen Tieren zu schwimmen und sie frei im Wasser zu sehen geht nicht. Für meine Eltern, die ihre Urlaube meist in Italien oder Mallorca verbrachten, war der Gedanke, dass ihre Tochter später einmal in Regionen reist, wo der Walhai heimisch ist, unvorstellbar. Auch ein solches Tier dann dort anzutreffen schien ihnen unmöglich.

27 Jahre später erinnerte ich mich lächelnd an diesen Wunsch und daran, dass ich nie daran gezweifelt hatte, einmal ein solches Tier in freier Wildbahn zu sehen. Ich sitze auf einem kleinen Balkon auf Dhigurah Island, einer kleinen idyllischen Insel auf den Malediven. Rund 26 Stunden brauchte ich, um in diesem Paradies anzukommen. Mit dem Flieger ging es nach Malé, der Hauptstadt der Malediven und anschließend mit einem Speedboot weiter zu der kleinen Insel. Beim Blick aus dem Flugzeug kurz vor Malé war mir klar, dass sich diese Anreise bereits jetzt gelohnt hatte. Die kleinen Inseln lagen wie Perlen im unendlichen Blau des Meeres. Jede Insel umgeben von hell türkisfarbenem Wasser, das einen atemberaubenden Kontrast zum offenen dunkelblauen Meer bildete. Beim Verringern der Flughöhe staunte ich über das satte Grün auf den Inseln und die

endlosen Sandstrände, die man bereits vom Flugzeug aus erspähen konnte. Auch die Bootsfahrt war dank des bestens gelaunten und herzlichen Bootkapitäns selbst nach bereits knapp 26stündiger Reisezeit ein tolles Erlebnis. Das Bild des Bootes habe ich übrigens noch von unserem Boot aus am Hafen von Dhigurah, noch bevor ich einen Fuß auf die Insel gesetzt habe, aufgenommen. Es ist mein absolutes Lieblingsbild meines Urlaubs auf den Malediven, da es für mich – wie kein anderes – die Schönheit und die Anmut dieses Paradieses symbolisiert.

Dhigurah bedeutet in der lokalen Sprache der Malediven (Dhivehi) lange Insel. Die Insel ist mit 2,5 km Länge eine der längsten der 1196 Inseln der Malediven. Nur etwa 220 der Inseln sind von Einheimischen bewohnt und weitere 87 werden für touristische Zwecke genutzt. Dhigurah befindet sich in der bekannten Walhairegion des Süd-Ari-Atolls. Eine Region, wo Walhaie sich ganzjährig aufhalten. Von der britischen Walhai-Naturschutzgruppe, die ihre Basis ebenfalls auf der Insel Dhigurah hat, wurden bereits 300 Walhaie registriert.

Ein traumhafter weißer Sandstrand säumt die maximal 300 m breite und somit sehr schmale Insel.

Eine Insel mit 630 Einheimischen, die ihre Tradition ehren und mit Respekt der Natur begegnen. Auf der Insel gibt es aufgrund des muslimischen Glaubens keinen Alkohol.

Nur an wenigen Strandabschnitten ist das Baden in

Badebekleidung erlaubt. An allen anderen Abschnitten sieht man die Einheimischen am Strand zusammensitzen, lachen und manchmal auch in ihrer normalen Kleidung baden.

Hier tickt die Zeit noch ganz anders und ich lasse die Erinnerung an die vergangenen Tage mit einem leckeren Kaffee Revue passieren. Flughunde lenken meine Aufmerksamkeit immer wieder auf den jetzigen Moment. Ich bin fasziniert von diesen riesigen Fledertieren, die hier in der Abenddämmerung beginnen durch die Lüfte zu segeln.

Beim Schnorcheln in der Lagune, direkt vor dem wunderschönen kleinen Boutique Beach All inclusive Diving Hotel, hatte ich das Glück einen Manta beim Schnorcheln zu sehen. Ich folgte dem Manta lange Zeit und er schwamm andächtig und gemütlich durch das seichte Wasser. Es ist faszinierend zu beobachten, wie diese Tiere scheinbar durchs Wasser fliegen. Plötzlich verhielt der Manta sich sehr hektisch, schlug einen Haken und schwamm sehr viel schneller Richtung offenes Meer. Ich wunderte mich warum er plötzlich so hektisch reagierte. Ich folgte ihm, bis ich den Impuls verspürte mich umzublicken. Da stockte mir der Atem. Ein Rudel Haie war direkt hinter mir. 6-8 Weißspitzen-Riffhaie. Kurz ergriff mich die Panik, da ich mich allein im Wasser beim Schnorcheln befand und es mir eindeutig 5 Haie zu viel waren. Ich schwamm kurz schneller, bis es mir dämmerte, dass die Haie sicherlich dem Manta folgten. Als ich meine Richtung änderte folgten die Haie weiterhin dem Manta. Erleichtert, jedoch immer noch mit laut klopfendem Herzen, schwamm ich ans Ufer und berichtete meiner Freundin mit zittrigen Knien von diesem Erlebnis.

Hätte es Alkohol auf der Insel gegeben, wäre dies sicherlich der Moment gewesen, wo ich mir einen guten Whiskey gegönnt hätte. So machte ich mich nüchtern auf zur Tauchlehrerin und berichtete von meinem Erlebnis. Es schien mir sehr ungewöhnlich, dass sich der Manta und auch die Haie so nah am Strand in der Lagune aufhielten. Die Tauchlehrerin berichtete mir, dass sie davon ausgeht, dass es sich um einen trächtigen Manta handelte und dass die Haie wohl auf einen Leckerbissen hofften. Für mich war es ein unvergessliches Erlebnis und ich hoffte inständig, dass der Manta fliehen konnte.

Die kleine, zum Boutique-Hotel zugehörige Tauchschule, bot wunderbare Tauch- und Schnorchelausflüge zu den unzähligen Riffen und einer Putzerstation in der näheren Umgebung an. Das Tauchboot war klein und nie überfüllt. Es herrschte stets gute und ausgelassene Stimmung und der Tauchlehrer und die beiden Tauchlehrerinnen lieben ihre Arbeit und wussten über jede gesehene Art viel Interessantes zu erzählen. Nach jedem Tag traf man sich abends in der Lobby und unterhielt sich über die vielen tollen Begegnungen des Tages. Die Tauchlehrer zeigten die am Tag gesehenen Tiere in einem Buch und man konnte mehr über diese wunderbare Unterwasserwelt lernen.

Beim Schnorcheln oder Tauchen ist es für mich immer

ein ganz besonderes Erlebnis direkt an einer Riffkante unterwegs zu sein. Diese dunkelblaue scheinbar unendliche Weite des offenen Meeres fesselt mich immer wie magisch. Und wenn dann noch aus diesem unendlichen Blau anmutig Adlerrochen oder Weißspitzen-Riffhaie auftauchen und an mir vorbeiziehen, bin ich in meiner persönlichen Traumwelt angekommen. Ich vergesse die Zeit und auch die vermeintlichen Probleme, die ich außerhalb des Wassers habe. Ich genieße dann voll und ganz den Augenblick.

Leider gibt es auch viel Korallenbleiche an den Riffen, da der indische Ozean immer wärmer wird. 1998 veränderte sich die Meeresströmung stark und sorgte monatelang für Wassertemperaturen von 32 Grad Celsius und mehr. Zu warm für die Korallen. Wenn Korallen sterben, verlieren sie ihre wundervoll intensiven Farben. Gesunde Riffe können sich in wenigen Jahren wieder erholen. Allerdings sind die Hitzewellen im indischen Ozean kürzer geworden. Um die abgestorbenen Riffe zu retten, werden Korallenableger an Steinen und Metallgestellen befestigt und an die beschädigten Riffe gebracht. Es wurden bereits 70 Tauchlehrer auf den Malediven für diese Arbeit ausgebildet. Die Korallen sind nicht nur die Kinderstube unzähliger Fischarten, sondern schützen auch die Inseln bei Stürmen und hohem Wellengang von dem Abtragen des Strandes. Sie verschlucken die Bewegungsenergie des Wassers und schützen die Inseln vor dem Versinken im Meer, da sie mit der Erhöhung des Meeresspiegels mitwachsen.

Aber auch mit trockenen Füßen konnte ich die faszinierende Unterwasserwelt genießen. Nur 5 Minuten von meinem Taucherhotel entfernt, befand sich die Babystube der Schwarzspitzen-Riffhaie. Direkt im seichten Wasser flitzen die kleinen Babyhaie zwischen dem Riff umher und konnten in Ruhe vom Strand aus beobachtet werden.

In meinem Diver's Log ist das Feld für Kommentare stets komplett ausgefüllt mit all den wunderbaren Tiernamen, die mir auf meinen Tauch- und Schnorchelgängen begegneten. Von Adlerrochen, die anmutig und schwerelos an mir vorbeizogen, Schildkröten bis hin zu einem Oktopus. Haie, Moränen und all die verschiedenen Fischarten, wie zum Beispiel die Clownfische, Skorpionfische, Kaschmirbarsche, Schmetterlingsfische und meine heißgeliebten Papageienfische.

Sobald ich meinen Kopf in das türkisfarbene Wasser tauchte, war ich gefangen von der atemberaubenden Unterwasserwelt, die mich wie magisch in ihren Bann zog.

Bei einem Freiwassertauchgang, den zweitletzten für meinen Tauchschein, genoss ich es durch das Wasser zu schweben und die unzähligen Weißspitzen-Riffhaie, anmutigen Mantas und die unzähligen unterschiedlichen kleineren Fischarten zu bestaunen.

Zurück auf dem Tauchboot berichtete der Kapitän freudig, dass er gerade per Funk die Info erhalten hat, dass sich ein Walhai in der Nähe befindet und sich alle, die schnorcheln möchten, schnell fertigmachen sollen. Ich konnte mein Glück kaum fassen. Nach wenigen Minuten Fahrt sah man schon drei Tauchboote dicht nebeneinanderliegen und viele Menschen im Wasser.

Ich sprang zu weiteren zirka 40 Schnorchlern ins Wasser, hielt mich jedoch abseits der großen Meute und war orientierungslos, als plötzlich der Walhai direkt auf mich zu schwamm und ich ihm in die Augen blicken konnte. Dieser kurze Moment, bevor die Masse an Menschen den Walhai entdeckte und alle auf den Walhai und mich zu schwammen und umkreisten, veränderte mein Leben.

Wusstest du, dass der Walhai der größte Hai und der größte Fisch der Welt ist? Auch ist seine Haut mit bis zu 15 cm dicke, die dickste Haut aller Lebewesen auf der Erde. Das längste bisher gemessene Exemplar war 13,70 Meter lang. Die Walhaie, die sich im Süd-Ari-Atoll aufhalten, sind meist zwischen 6 und 9 Meter lang und somit Walhai-Teenager. Die Walhaie ernähren sich von Plankton und anderen Meereskleinstlebewesen. Sie filtrieren das Wasser durch Ansaugung. Sie können jedoch auch kleinere Fische bis zu einem Meter Länge fressen. Der Walhai ist mit seiner gräulich bis bläulichen Färbung und den hellen Streifen und Flecken am Rücken ein ästhetischer Meeresbewohner. Sein riesiges Maul befindet sich an der Spitze der Schnauze und in mehr als 300 dichten Reihen angeordnet, hat er etwa 3600 kleine Zähne.

Ich war mehr als fasziniert von dem Tier. Es wirkte im

Vergleich zu den anderen Haien aufgrund seiner Körper- und Schnauzenform so sanftmütig auf mich. Augenblicklich schoss mir die Frage durch den Kopf, was dieses anmutige Tier von uns Menschen denken muss, wenn wir es so umkreisen. Ich fühlte mich sehr unwohl bei dem Gedanken, wendete mich ab und schwamm zum Boot zurück. Dort war nur noch der Kapitän, der mir verständnislos immer wieder Mut zusprach, mich wieder ins Wasser zu trauen. Ich hatte keine Angst. Ich stellte ihm die Frage, die mir in den Sinn kam, als ich die vielen Menschen den Walhai umkreisen sah. Der Kapitän lachte und meinte, der Walhai könne ja einfach abtauchen, wenn es ihm zu viel wird. Ja, das wusste ich seit meinen Kindertagen, dass ein Walhai sehr tief tauchen kann. Ein Abtauchen bis in 980 Meter Tiefe wurde bereits dokumentiert.

Ins Wasser ging ich jedoch nicht zurück. Es machte mich irgendwie traurig zu sehen, wie wir Menschen uns gegenüber diesem Tier verhalten. Ich habe mir diesen Moment, in dem ich einen Walhai zu sehen bekomme und neben ihm schwimme, immer anders vorgestellt. In meinen Träumen war ich dort allein oder in einer kleinen Gruppe unterwegs. Dieses Umzingeln des Walhais schockierte mich. Ich bekam ständig einen Arm oder ein Bein ab und viele bewegten sich sehr hektisch und für mein Empfinden rücksichtslos. Klar konnte ich verstehen, dass die Kapitäne sich gegenseitig informieren und alle Menschen, die in der Nähe sind, das Tier sehen wollten. Aber muss das auf diese, für mich respektlos erschienenen Weise passieren?

Ich saß auf dem Balkon und blickte aufs Meer. Hat sich mein Kindheitswunsch nun erfüllt oder nicht? War neben einem Walhai zu schwimmen überhaupt mein „eigentlicher Wunsch"? Wie würde ich mich künftig in einer solchen Situation verhalten? Ich erkannte für mich eine Botschaft, die ich zweifelsohne daraus ziehen konnte. Auch Wünsche, die sehr unrealistisch scheinen, die von anderen belächelt und als unmöglich zu realisieren eingestuft werden, können sich erfüllen. Es genügt, wenn ich selbst an meine Wünsche glaube und einfach losgehe. Ich bin mir sicher, dass ich noch einmal in meinem Leben ein solch anmutiges Tier an mir vorbeiziehen sehen werde. Zu weiteren 40 Menschen ins Meer springen, um ein solches Tier zu sehen würde ich jedoch nicht mehr.

Ich habe mit der Erfüllung meines Kindheitstraumes mein unerschütterliches Vertrauen zurückgewonnen. Mein Vertrauen, dass alles möglich ist, wenn man die Dinge anpackt, bereit ist zu tun was dafür nötig ist und vertraut. Ein Gästehaus am Meer wo Menschen ihr Glück und ihren Sinn erleben dürfen. Eine naturnahe Ruheoase mit Retreats für Menschen, die ihre persönlichen Ziele alle scheinbar erreicht haben, aber das für sie Wichtigste, das Glück oder die persönliche Lebenszufriedenheit noch suchen. Mein Beitrag zu mehr Lebensfreude ist mein nächstes „Reiseziel". Einen Teilhaber oder eine Teilhaberin mit einer ähnlichen Vision von einer Verbindung von Urlaub und einem Angebot für die Urlauber sich selbst besser kennenzulernen, sich ihrer Wünsche und Ziele bewusst zu werden und für diese zuträglichen Alltagsroutinen zu entwickeln, wünsche ich mir als nächstes zu finden. Retreats mit dem Angebot von Coaching, Sport und Meditation. Und sicherlich werde ich auch meine Leidenschaft zum Schnorcheln weiterhin in mein Leben und bestenfalls auch in meine Arbeit integrieren.

Die Malediven, für mich nicht nur eine atemberaubende Unterwasserwelt, eine faszinierende neue Kultur, sondern auch ein Augenöffner für meine vielfältigen Möglichkeiten im Leben!

Hi, mein Name ist Yvonne Heinzelmann und ich liebe und lebe die unendlichen Möglichkeiten, die sich uns im Leben bieten. Ich arbeite freiberuflich als Life-Coach und liebe es, Menschen dabei zu unterstützen ihre Ziele und Visionen Wirklichkeit werden zu lassen und sie auf ihrer ganz persönlichen Reise zu begleiten.

Ich bin momentan auf der Suche nach einem geeigneten Platz, um Persönlichkeitsentwicklung in Form von Retreats mit Urlaub und Lebensfreude zu verbinden.

Weitere Infos über mich, ein paar kleine Einblicke in die gemeinsamen Reisen mit meinem 3-jährigen Sohn und mein Kinderbuch zum Thema Dankbarkeit findest du unter:

www.yvonne-heinzelmann.de

KAPITEL 9

Wind, Wellen, Freiheit

Wie das Kitesurfen nicht nur meine Liebe zum Meer, sondern auch mein Leben verändert hat.

von Malena Harig

» Don't let the fear of falling keep you from flying. «

Januar 2013, Kapstadt, Südafrika

Der Wind weht mir Sand ins Gesicht. Ich sitze mit Freunden am Meer und traue meinen Augen kaum: da sind Surfer im Wasser, die an einem Fallschirm hängen, bis zu 20 m hoch in die Luft springen, so sanft wie eine Feder landen und im Anschluss die nächste Welle abreiten. Neben mir sitzt Adam, der fast außer sich vor Begeisterung ist: "I have seen Kitesurfers before in Denmark and the UK, but I have never seen them jump that high and land that gracefully." Im Vergleich zu Adam, habe ich in diesem Moment zum ersten Mal Kitern live zugeschaut, wie sie eine Art akrobatische Show in 20 m Höhe vorführen. In diesem Moment stand für mich fest: Ich weiß nicht wie, ich weiß nicht wann, aber ich möchte Kitesurfen lernen, in den Wellen spielen und mit Blick auf den Tafelberg durch die Lüfte springen.

Schnell wurde mir jedoch auch bewusst, das Kapstadt womöglich nicht der beste Ort ist, um das Kitesurfen zu lernen. Wellen die zwischen 2 - 4 Meter hoch werden, Haie, denen man im Meer begegnen könnte und Wind der teilweise so stark wird, dass der Sand so doll an den Beinen peitscht, so dass man freiwillig direkt wieder ins Auto einsteigt. Irgendwie machte mir das alles Angst. "Aber es gibt bestimmt Spots, die besser zum Lernen geeignet sind", dachte ich.

August 2014, Brouwersdam, Holland

Fast anderthalb Jahre sind vergangen, seitdem ich die ersten Kitesurfer live gesehen und den Entschluss gefasst habe, das Kitesurfen zu lernen. Jetzt ist es endlich soweit: Ich habe ein paar Kiter aus Köln kennen gelernt, die mich mit nach Holland nehmen, wo ich einen Kitekurs machen kann. Der erste Tag ist gefüllt mit Theorie über den Wind, wie das Kitematerial zusammengebaut wird und funktioniert, Übungen den Kite zu kontrollieren und wie man sich mithilfe von Self-Rescue-Manövern aus Gefahrensituationen retten kann. Genug Theorie – Zeit für die Praxis: Endlich geht es mit dem Kite ins Wasser. Ich bin aufgeregt und etwas nervös als wir ins Wasser laufen. Jetzt heißt es, das Gelernte anwenden. Ziel: sich per so genanntem Bodydrag mit dem Kite durchs Wasser zu manövrieren. Mit dem Wind, gegen den Wind, von links nach rechts. Ich werde dieses Gefühl nie vergessen, zum ersten Mal an einem Kite im Wasser zu hängen, die Kraft zu spüren, die mich frei durchs Wasser zieht, ich absolut im Moment lebe und alles um mich herum vergesse. Das Grinsen in meinem Gesicht war riesengroß und hielt für den Rest des Tages an. Auch meine Freunde waren begeistert und fragten in die Runde: "Wer hat Lust auf einen Sundowner?" "Sundowner?", dachte ich. "Klar, ich bin dabei, ich muss nur kurz zum Auto, dann komme ich dazu." An der Bar wartete und wartete ich, bis mir langsam bewusst wurde, das mit einem Sundowner kein Drink, sondern eine Sunset-Kite-Session gemeint war. Ein *Sundowner* eben. Offensichtlich hatte ich nach einem Tag Kiteunterricht noch nicht das ganze Fachjargon der Kiter auf dem Kasten. Trotzdem saß ich wunschlos glücklich am Strand mit einem Bier in der Hand und schaute den Kitern zu. "Und bald bin ich beim Sundowner auf dem Meer dabei.", dachte ich.

Am nächsten Tag sollte der Kitekurs mit dem ersten Wasserstart und Kiteversuchen auf dem Kiteboard weitergehen, leider war der Wind zu stark, so dass die Kitelehrer nicht weiter schulen durften und der weitere Unterricht verschoben werden musste.

August 2015, El Gouna, Ägypten

Fast genau ein Jahr später saß ich im Flieger nach Ägypten. Ein Freund flog mehrmals im Jahr nach El Gouna zum Kiten und meinte: "Malena, wenn du das Kiten lernen willst, komm doch einfach mit, du findest kaum bessere Bedingungen. Flachwasser, keine Wellen, ein großes Stehrevier und eine gute Windwahrscheinlichkeit."

Das mit dem Wind beim Kiten ist immer so eine Sache. Auch wenn es Tools gibt, die einen Forecast der zu erwartenden Windbedingungen abgeben, sind diese nie 100% genau oder zuverlässig. Wind und Wetter lassen sich nun mal nicht beeinflussen. Manchmal ist der Wind stärker als angesagt oder lässt sich erst gar nicht Blicken, obwohl der Forecast einen super Wind vorhergesagt hat. Mal scheint die Sonne am Meer, obwohl es regnen sollte. Das Gute daran: als Kiter lernt man automatisch (oder eher gezwungenermaßen) geduldig zu sein und das Beste aus der Situation zu machen, die sich sowieso nicht beeinflussen lässt. Weder beim Kiten noch im Leben lässt sich alles planen oder läuft alles nach Plan. In dieser Hinsicht hat mir das Kiten auf jeden Fall mehr beigebracht als nur übers Wasser zu gleiten.

Auch wenn ich kein Fan von Pauschalreisen bin, war ich von der Idee begeistert mit nach Ägypten zu fliegen und das Kiten endlich richtig zu lernen. Ehe ich mich versah, saß ich auch schon im Flieger nach El Gouna. Ich hatte Glück, denn der Gruppen-Kite-Kurs, den ich aus Preisgründen gebucht hatte, stellte sich als Privatunterricht heraus. Da die andere Kiterin im Kurs schon viel fortgeschrittener war und kaum noch Hilfe zum Üben des Wasserstarts benötigte, hatte ich gefühlt ein paar Privatstunden. Die ersten Versuche mit dem Kiteboard waren holprig: der Kite zerrte mich am Trapez in verschiedene Richtungen, die Beine standen wackelig auf dem Brett. Anstatt akrobatisch und elegant über das Wasser zu gleiten oder durch die Luft zu fliegen, sahen meine ersten Versuche eher filmreif für die nächste *Upps Die Pannenshow* aus. Egal, hinfallen, aufstehen, weiter machen. Nach 2 bis 3 Tagen machte sich das Üben bezahlt. Ich habe es tatsächlich geschafft. Ich kite! Zwar ohne Sprung, ohne Wende, ohne Fancy Tricks, aber immerhin konnte ich jetzt nach links und nach rechts fahren beim Kiten. Es hat gereicht meinen Kurs zu bestehen und meine Kitelizenz zu erhalten. Die Kitelizenz ist wichtig, damit ich mir an Kitestationen Kitematerial ausleihen kann, ohne nochmal einen Kurs buchen zu müssen. Den Rest der Woche hatten wir leider nicht mehr so viel Glück mit dem Wind in Ägypten und sind bei um die 40 Grad etwas zerschmolzen. Trotzdem hat sich die Reise für mich voll und ganz gelohnt und mich meinem Traum vom Kiten einen großen Schritt nähergebracht.

Oktober 2015, Workum, Holland; Januar 2016, Kalpitiya; Juni 2016, Lemnos Griechenland; November 2016, Nordbrasilien

Geübt habe ich das Kiten danach bei jeder Gelegenheit. Mit Freunden bei Kurztrips nach Holland (2015), bei einer Rundreise durch Sri Lanka in Kalpitiya (2016) – leider mit nicht so viel Glück bei der Windausbeute –, bei einer Workation in Griechenland (2016) – ebenfalls ohne viel Glück bei der Windausbeute – und meinem absoluten Highlight: Nordbrasilien (2016). Endlich gab es Wind! Jeden Tag und das 6 Wochen lang von morgens bis abends.

Mittlerweile konnte ich sicher in beide Richtungen kiten und besaß meinen eigenes Kitematerial. Zum Richtungswechsel konnte ich eine Wende fahren und musste mich zum Umdrehen nicht mehr hinsetzen. Vom Wind wurde ich nur noch selten abgetrieben. Anfänger, die bei ihren ersten Kite-Versuchen abgetrieben werden und dann am Strand mit dem Kite unterm Arm zurücklaufen müssen, werden dann gerne mal mit "Na, heute wieder einen Walk of Shame hingelegt?" begrüßt. Gleichzeitig treibt es vielen Kitern ein Lächeln ins Gesicht, weil es sie an ihre eigenen Anfänge erinnert. Am Anfang haben ja doch alle das Gleiche durchgemacht. Doch irgendwann hat es klick gemacht. Man weiß, wie man sich mit dem Kite und auf dem Board zu positionieren hat, wie man mit und gegen den Wind fährt und endlich das Gefühl hat

“Hey, ich lenke den Kite und der Kite nicht mehr mich.” Dieser “Klick-Moment” kam für mich auf meiner ersten Kite-Reise nach Brasilien.

In Jericoacoara im Norden von Brasilien lernte ich an einem Tag so viel, wie die ganzen Jahre davor zusammen. Ich lernte nicht nur gegen den Wind zu fahren, sondern auch meine ersten Sprünge (na gut, es waren mehr kleine Hopser) und mit dem Wind zu fahren - einen so genannten Downwinder. Zuvor war mir beim Kiten manchmal noch mulmig zumute, weil ich nicht immer das Gefühl hatte, den Kite und das Board unter Kontrolle zu haben. Manchmal wusste ich einfach nicht, ob etwas besser oder schlechter klappt, weil ich noch nicht gut genug war oder ob es am Kitematerial oder dem Wind lag. Das Einzige was dabei half: üben, üben, üben und das endlich mit dem ersten eigenen Kitematerial.

In Jeri fuhren uns ein paar der Locals mit Buggys zum Strand in den Nachbarort Preá. Von dort aus wollten ein paar Kiter, die ich in Brasilien kennengelernt hatte, einen *Downwinder* starten. Downwind heißt dabei so viel wie mit dem Wind von einem Ort zum nächsten zu Kiten. Der große Vorteil: keiner läuft Gefahr einen Walk of Shame hinlegen zu müssen. Man kann neue Tricks üben, hinfallen und einfach weiterfahren. Das Gefühl nur mit Hilfe des Windes übers Meer die Küste entlang fahren zu können, war für mich das absolute Gefühl von Freiheit. Ich fühlte mich zuvor noch nie so sehr im Flow mit der Natur, dem Wind, den Wellen und dem Meer. Ich konnte jederzeit selbst entscheiden, ob ich mit oder gegen den Wind kite. Ob nach links oder rechts, oder in manchen Fällen auch ob (Hopser) hoch oder (Sturz) tief. Brasilien war für mich eine magische Erfahrung. Nicht nur wegen der Fortschritte, die ich beim Kiten gemacht habe, und das dazugehörende immer wieder aufstehen und weiter üben, sondern auch wegen der vielen Leute, die ich dort durchs Kiten kennengelernt habe. Es war anders als meine vorherigen Reisen als Backpacker oder mit Freunden und Familie. Allein zu einer Kitereise aufzubrechen war irgendwie etwas anderes. Automatisch hatte ich mit anderen ein gemeinsames Tagesziel, die schönsten Strände mit den besten Windbedingungen zu entdecken. Mit Buggys durch Dünen und Mangrovenwälder zu fahren, um an einer einsamen Lagune zu kiten und das Leben und die Natur mit jedem *Sundowner* neu zu feiern. Wir halfen uns gegenseitig beim Kiten etwas Neues dazuzulernen. Na gut, in erster Linie halfen mir die anderen etwas zu lernen, da ich mit Abstand die unerfahrenste Kiterin in unsere Runde war. Trotzdem halfen sich alle untereinander. Beim Starten und Landen des Kites, beim Mut machen, wenn mal etwas schiefgelaufen ist, jemand gestürzt ist oder etwas nicht gleich geklappt hat. Ich stellte ein miteinander fest, dass ich so vom Reisen oder Wellenreiten auf dem Wasser noch nicht kannte. Es ist egal wer du bist, woher du kommst, was du beruflich machst. Der Sport schweißt einen mit Wildfremden einfach direkt zusammen, wobei dabei genug Wind und Platz für alle da ist. Ob Locals die kaum ein Wort Englisch sprachen, eine Gruppe erfolgreicher Geschäftsleute aus Bermuda, Ärzte und Piloten, Kite-Backpacker, Lebenskünstler und Selbstständige aus Griechenland, England, Litauen, Jerusalem, Schweiz, Deutschland, Holland und dem

Rest der Welt. Irgendwie war von allem etwas vertreten und dennoch schweißte uns dieses eine Hobby zusammen. Der Abschied nach 6 Wochen Brasilien viel mir schwer. Nicht nur würde ich das Meer und den Wind vermissen, sondern auch die Menschen, die ich in der Zeit kennengelernt habe. Durchs Backpacken kannte ich es schon, dass man viele tolle Menschen kennenlernt, aber eher selten wiedersieht. Zu diesem Zeitpunkt wusste ich noch nicht, dass das bei Kitern etwas anders abläuft. Aber dazu später mehr.

Nach 6 Wochen Brasilien stand zumindest eins fest: Ich fühlte mich sicher genug, um zu dem Ort zurückzukehren, an dem ich vor ein paar Jahren mit großen Augen am Strand saß, den Kitern zugeschaut habe und den Entschluss fasste: “Kitesurfen, das muss ich unbedingt auch lernen.”

Februar 2017, Kapstadt, Südafrika

Der Sand peitschte leicht auf meiner Haut als ich in Blouberg am Strand stand und mich in meinen Neoprenanzug zwängte, während ich aufs Meer und den Tafelberg sah. Kaum in Südafrika gelandet, stand ich kurz vor meiner ersten Kite-Session an einem der berühmtesten und anspruchsvollsten Spots der Welt. Ich war zuvor noch nie in Wellen kiten gewesen, die größer als einen Meter waren, geschweige denn in einem Gewässer, bei dem es Haie geben könnte. Ich war etwas nervös und hatte ein mulmiges Gefühl im Bauch. “Egal,” dachte ich mir, “einfach nicht hinfallen.

Immerhin sehen wir Kiter im Vergleich zu Surfern von unten nicht aus wie Robben. Wird schon schief gehen.” Ich startete meinen Kite und ging zum Wasser. Ich war nervös und angespannt, besonders als ich merkte, dass der Wind stärker wurde und es schwieriger wurde den Kite zu kontrollieren. Wieder dachte ich mir, “egal ich mach das jetzt, wird schon schief gehen. Los geht's!” Ich gleitete übers Wasser, ich spürte den Wind im Haar und das 13 Grad kalte Wasser an den Füßen. Ich merkte, wie sich ein großes Grinsen in meinem Gesicht breit machte. Vor mir baute sich die erste Welle auf, die kurz davor war zu brechen. Ich versuchte mich an das zu erinnern was mir meine Freunde am Strand zuvor erklärt hatten. Wenn eine Welle auf mich zu kommen und brechen sollte, sei es am einfachsten, einfach darüber zu springen. Die Option fiel für mich schon mal flach, da ich nur in eine Richtung springen konnte, die unglücklicherweise zurück zum Strand geführt hätte. Dazu waren meine Sprünge noch nicht besonders sicher oder hoch. Zweite Option sei es, einfach schnell umzudrehen und zurück zum Strand zu fahren und zu warten bis das Set vorbei ist und dann wieder raus zu kiten, wenn keine Wellen brechen. Oder die dritte Option: einfach über die gebrochene Welle kiten und das Gewicht auf den hinteren Fuß verlagern, so dass das Board einfach über die Welle ploppt. Leichter gesagt als getan. Schnell umdrehen funktioniert natürlich nur, wenn hinter einem kein weiterer Kiter ist und man sich vor lauter Hektik und Panik vor dem abrollenden 2 bis 3 m Wellenwand nicht auf die Nase legt. Auch beim so simpel angepriesenen “einfach drüberfahren” wurde ich anfangs oft von der Welle durchgespült. Doch Schritt für Schritt konnte ich die Wellen etwas besser einschätzen, wartete bis das Set vorbei war und kitete dann schnell ins Meer hinaus zu dem Punkt, wo die Wellen nicht mehr brachen.

Doch plötzlich kam eine Böe, während ich über eine Welle fuhr, die mich schnurstracks in die Luft katapultierte. Mir rutschte das Herz in die Hose. "Ok, also das war jetzt auf jeden Fall kein kleiner Hopser mehr. Oh Gott, was zur Hölle mache ich hier?" Der Wind wurde immer stärker und stärker und trieb mich immer mehr von meinen Freunden ab. An diesem Punkt holte mich die bittere Wahrheit ein: Ja, ich habe schon viel gelernt beim Kiten, aber bei so starkem Wind und Wellen in Blouberg zu kiten ist nochmal ein anderes Level. Die Kite-Session beendete ich am anderen Ende vom Strand mit einem sehr, sehr langem Walk of Shame zurück zu den Anderen. Obwohl ich superglücklich war, tatsächlich in Kapstadt kiten zu gehen, war ich traurig und enttäuscht, dass ich doch noch nicht so gut kiten konnte, wie ich das nach meiner Zeit in Brasilien gedacht hatte. Auf einmal war da diese Angst. Angst davor, ins kalte Wasser zu fallen, durch gespült zu werden und nicht zu wissen wo oben oder unten ist. Den Kite nicht mehr kontrollieren zu können, weil der Wind zu stark ist und mich auch gerne mal am Strand einfach hochgehoben und wo anders abgesetzt hat, obwohl ich bereits meine kleinen 7 Quadratmeter Kite aufgebaut hatte (Je stärker der Wind, desto kleiner die Kitegröße). Aber 35 bis 40 Knote waren einfach zu viel für mich. Ich baute meinen Kite ab, pellte mich wieder aus dem

Neoprenanzug und schaute den anderen Kitern zu. Für den Rest des Tages hatte ich genug vom Kiten.

An diesem Tag fand auch eins der größten Kite-Events statt: *King Of The Air*. Einmal im Jahr trifft sich dabei die Kite-Elite in Kapstadt. Innerhalb von einem 14-tägigen Zeitfenster wird auf die extremsten Kite-Bedingungen gewartet: hohe Wellen und besonders starker Wind. Den brauchen die Kiter, um sich 20 bis 30 m hoch in die Luft zu katapultieren und dabei noch verschiedene Tricks, Drehungen und Kiteloops durch zu führen. Absoluter Wahnsinn! Hunderte Leute saßen am Strand, schauten den Kiteprofis zu und feuerten sie an. Allein der Anblick der unfassbar hohen Sprünge, machte mir ein mulmiges Gefühl im Bauch und faszinierte mich zugleich. Irgendwie hatte es etwas vom Fliegen durch die Luft. Ein paar Reihen hinter mir, hörte ich jemanden sagen "Are they kiting or rather skysurfing?".

In der Menschenmenge am Strand sah ich plötzlich ein paar bekannte Gesichter. "Das gibt's doch nicht! Kiter, die ich vor ein paar Wochen in Brasilien im Hostel kennengelernt hatte, standen auf einmal wieder vor mir. "Was macht ihr denn hier?", fragte ich. Die beiden reagierten ganz entspannt: "Wir folgen wie jedes Jahr dem Wind. In Brasilien geht die Windsaison im November, Dezember langsam zu Ende, wobei sie im Januar und Februar in Südafrika ihren Höhepunkt hat. Wir werden wahrscheinlich nicht die Einzigen sein, die du hier oder an einem anderen Kitespot wiedersiehst." Sie hatten recht. In den nächsten 3 Monaten, die ich in Kapstadt verbrachte, um meine

Masterarbeit zwischen Sonne, Meer und Kite-Sessions zu schreiben, anstatt im kalten Deutschland zu sitzen, lief ich immer mal wieder Kitern über den Weg. Diese hatte ich zuvor in Brasilien oder auf anderen Kitereisen kennengelernt. Wie schön, dachte ich. Nach und nach entstanden nicht nur oberflächliche Reisebekanntschaften, sondern richtige Freundschaften. Freundschaften mit Kitern, die ich bis heute regelmäßig auf Kitereisen wiedersehe oder mit ihnen neue Reisen plane. Einige von ihnen, wie mittlerweile auch ich, haben durch die Liebe zum Sport und dem Meer ihr Leben umgekrempelt. Sie arbeiten selbstständig oder ortsunabhängig, um möglichst viel Zeit am Meer verbringen und den Sport besser in den Alltag integrieren zu können. Sie sammeln Urlaubstage, arbeiten vor Ort in Unterkünften oder in Kiteschulen, um mehr Zeit am Meer und beim Kiten verbringen zu können. Und alles nur, wegen dem Sport und einem Gefühl, welches auf dem Wasser in einem ausgelöst wird. Für die einen ist es wie eine aktive Meditation zum Abschalten, für die anderen das stetige Überwinden von Ängsten, Stürzen und Rückschlägen. Für wieder andere ist es der tägliche Adrenalinkick, der eintritt, wenn sie meterhoch durch die Luft fliegen oder sich vom Kite einfach in die nächste Welle ziehen lassen, um diese abzureiten. Ganz nebenbei ist das Kiten ein Ganzkörpertraining, besonders für Rumpf und Bauch. Aber nicht nur das: Durch das Kiten und die viele Zeit an und auf dem Wasser, schärft es das Bewusstsein für die Natur und eine zunehmende Gelassenheit, Dinge, die nicht beeinflusst werden können loszulassen, zu improvisieren und das Beste aus der gegeben Situation zu machen. Einfach im Hier und Jetzt den Moment zu genießen und zu merken, wie wenig man eigentlich wirklich braucht.

Nach meiner Kitereise nach Kapstadt 2017 folgten zahlreiche weitere Trips. An das holländische und deutsche Meer, nach Griechenland, Spanien, zwei weitere Kite-Spot-Hopping-Reisen nach Brasilien (mit meinem absoluten Highlight in 3 Tagen 130km die Küste von Combuco nach Jeri entlang zu kiten) und zwei weitere Winter, die ich in Kapstadt verbracht habe. In der Zwischenzeit habe ich mein Studium abgeschlossen, meinen ersten Job angefangen und mich letztes Jahr dazu entschieden, den selbigen wieder zu kündigen und mich lieber selbstständig zu machen, damit sich die Kitereisen ans Meer und das Arbeiten besser verbinden lassen. "Als Freelance-Designerin sollte das durchaus machbar sein", dachte ich mir. Bei meinem vorletzten Winter in Kapstadt habe ich dazu den Gründer der holländische Kitemarke *Fluid Kiteboarding* kennengelernt. Auf die freche Frage, ob ich mal einen Kite oder ein Board designen dürfte, kam nach einem anfänglichen "Nein" ein "Ok, mir gefällt deine Arbeit und deine Art. Schick mir mal deine Kiteboard-Designentwürfe und dann sehen wir weiter." Ich hatte Glück! Ihm und den Kunden gefielen meine Entwürfe. Mittlerweile gibt es nicht nur das Kiteboard, sondern auch von mir designte Neoprenanzüge zu kaufen. Für mich ein absoluter Traum, der in Erfüllung gegangen ist. Mit dem Leitsatz *Ocean inspired lifestyle and design* stecke ich dazu selbst mitten in der Entwicklung eigener Produkte und der Organisation von Kitereisen und Workations. Das Kiten zu lernen hat in den letzten

Jahren einiges in meinem Leben verändert und ich möchte keinen Moment, kein Erlebnis, Abenteuer oder Learning davon missen. Genauso wenig wie das Meer im Alltag. Wie sich das umsetzen lässt, daran arbeite ich noch…

Hey, ich bin Malena und arbeite selbstständig als Designerin im Bereich UX/UI, Grafik und Produktdesign.
Wenn ich nicht grade in meiner Wahlheimat Köln bin, lebe und arbeite ich ortsunabhängig, um Wind, Wellen und Abenteuern nach zu jagen.
Die letzten Winter verbrachte ich zum Kiten in Nordbrasilien und Südafrika. Aktuell erkunde ich Europa mit meinem selbstausgebauten Campervan, auf der Suche nach Inspiration für neue Ideen und Produktlösungen. Die meiste Zeit des Jahres verbringe ich am oder auf dem Wasser. Dabei muss es nicht immer das andere Ende der Welt sein. Auch Deutschland und Köln bieten viele Möglichkeiten am und auf dem Wasser eine Menge Spaß zu haben!

www.malena-harig.de IG: malenahx
www.seahab.de IG: @seahab

KAPITEL 10

Die Liebe zur Unterwasserwelt

von Carla Vollert

» Tauchen ist wie fliegen - nur unter Wasser «

- *Unbekannt*

Ich bin total aufgeregt, denn heute ist mein allererster Tauchtag. Ich erfülle mir damit einen Wunsch von meiner Bucket List. Schon immer war das Meer für mich ein besonderer Ort, an dem ich gerne für längere Zeit sein wollte. Für mich ist klar, dass ich auf meiner Weltreise einen Tauchschein machen möchte. Wie ich auf die Idee gekommen bin, weiß ich gar nicht. Das Meer hat mich schon immer sehr fasziniert. Ohne viel Vorwissen, suche ich nach einem geeigneten Ort dafür.

Aktuell befinde ich mich am Anfang meiner Weltreise, die ich vor einer Woche gestartet habe. Die ersten Tage verbringe ich in Dubai bei einer Couchsurfer-Familie. Sie nehmen mich wirklich gut auf, zeigen mir die Stadt und zusammen haben wir eine sehr schöne Zeit. So langsam begreife ich, dass ich gerade dabei bin, mir einen sehr großen Traum zu erfüllen. Noch habe ich keine Ahnung, was mich in den nächsten Monaten erwarten wird und blicke freudig und positiv in die Zukunft.
Ich bin bereit – ich bin in den Flieger gestiegen, um zu schauen, was die Welt mit mir vorhat!

Direkt zu Beginn treffe ich in Thailand meine Freundin Maya. Wir erkunden zusammen Bangkok und machen uns dann gemeinsam auf, um die schönen Inseln Thailands zu erkunden.

Für meinen Tauchkurs habe ich mir die kleine Insel *Ko Tao* rausgesucht. Mein Englisch ist zum jetzigen Zeitpunkt sehr schlecht und so steht fest, dass es ein deutschsprachiger Kurs werden soll. Leider bin ich –

wie immer eigentlich – sehr spontan auf der Suche und wir haben aus terminlichen Gründen nicht ganz so viel Zeit auf dieser Insel. Ein deutschsprachiger Tauchlehrer ist leider nicht verfügbar. So wird es für mich ein sehr hübscher Südafrikaner, Lyle, mit einem unfreiwilligen Englischkurs. „Ja, das kann ja was werden.“, denke ich. Das Material bekomme ich auf Deutsch und somit sind alle in der Tauchschule fest davon überzeugt, dass ich es auch so schaffen kann. Außerdem winkt diese Tauchschule mit einem tollen Deal.

Ich mache einen Discover Scuba Diving - Schnupperkurs und buche anschließend direkt das ganze Paket. Ich freue mich total auf eine neue Welt, die es ab jetzt unter Wasser zu erkunden gibt. Vier Tage Tauchkurs für umgerechnet 214,00 € inkl. Training im Pool, vier Meerestauchgängen, Theoriestunden, Lehrmaterial und einem Traumhaus am Strand für Maya und mich.

Wir verlieben uns sofort in die kleine Holzhütte direkt am Meer. Das ist auch etwas, was ich an Thailand total zu schätzen lerne. Diese tollen Unterkünfte für wenig Geld, mit so viel Wohlfühlfaktor. Wir beziehen unser neues Zuhause, ich werfe mich aufs Bett und blicke zum ersten Mal in das Tauchbuch. „Maya, ich glaube ich habe es etwas unterschätzt. Ich muss in kurzer Zeit ganz viel über Natur, Physik und Mathematik lernen.“, sage ich. Natürlich habe ich mir nicht wirklich Gedanken darübergemacht, was es genau bedeutet, einen Tauchschein zu machen und zweifle plötzlich, ob ich in wenigen Tagen diese Abschlussprüfung bestehen kann. Maya lacht nur und sagt: „Das haben doch auch schon andere geschafft, ich bin da sehr zuversichtlich! Ich sage nur: Don't drink and dive!"

Den Kurs mache ich allein und Maya gönnt sich ihren wohlverdienten Urlaub. Während ich den ganzen Tag mit Tauchen und Lernen beschäftigt bin, erkundet sie die Insel und unternimmt kleine Ausflüge. Manchmal treffen wir uns in der Mittagspause zu einem leckeren Curry oder lassen den Abend mit einer Massage ausklingen. Von unserer Hütte direkt am Meer, können wir die schönsten Sonnenuntergänge beobachten. Wir setzen uns in den Sand und schauen zu, wie sich der Tag dem Ende zuneigt.

Die ersten Tauchgänge beeindrucken mich wirklich stark! Wir sind an einer Bucht, wo ich im Wasser mit den ersten Übungen starte. Selbst hier gibt es schon viel zu entdecken.

Um den Tauchschein zu bestehen und unter Wasser zurecht zu kommen, muss ich mich natürlich erstmal mit der Ausrüstung vertraut machen. Was gehört wohin? Wie benutze ich die technischen Geräte und wie handle im Notfall?

Ich schaue mir den Regulator genau an, übe meine Luft in die BCD, meine Tarierweste ein und auszulassen und lese den Finimeter ab. Ebenfalls lerne ich die vielen neuen Handzeichen, die ich unter Wasser zur Verständigung benötige.

Auf mich kommen verschiedene Aufgaben zu, die ich bestehen muss. Zum Beispiel im Wasser die Taucherbrille/Maske runterzunehmen, wieder aufzusetzen und das Wasser auszupusten oder den Atemregler aus dem Mund zu nehmen und wieder zu finden. Das sind lebenswichtige Übungen, die auch in einer Stresssituation sitzen müssen.

In den nächsten Tagen sehe ich fast die ganze Besatzung von *Findet Nemo*, nur Nemo selbst nicht, ich denke, er ist gerade wieder unterwegs, um weitere Abenteuer zu erleben.

Am zweiten Tag fahren wir mit dem Boot weiter raus. Hier darf ich lernen, wie ich am besten und sicher vom Boot ins Wasser komme und dann langsam abtauche. Was für mich die wirkliche Herausforderung ist, ist nach dem Tauchgang zurück aufs Boot zu kommen. Denn ich bin sehr müde und meine Beine schwach. Ich bin froh, dass mir meine Tauchflasche abgenommen wird und ich mich mit letzter Kraft die Leiter hochziehen kann. Auch auf dem Boot selbst ist es teilweise sehr wackelig, sodass sich abends im Bett noch alles dreht.

Am nächsten Tag steht mein letzter Tauchtag an, wir fahren zu einem neuen Ort. Ich konzentriere mich auf alles, was ich im Vorfeld im Pool gelernt habe und freue mich, so vor mich hinzutauchen. Es macht mir sehr viel Spaß und ich habe großes Vertrauen in meinen Tauchlehrer. Auf dem Grund spüre ich auch den starken Wellengang nicht. Plötzlich zeigt Lyle nach vorne und es kommt ein riesengroßes Schiffswrack zum Vorschein. Oh mein Gott, ich weiß gar nicht, wie mir geschieht. Panik unter Wasser ist sicher nicht gut und wie mir mein Tauchbuch verraten hat, sollte ich einfach tief und langsam weiter atmen.

Sicherlich wollte er mir an meinem letzten Tauchgang etwas Besonderes zeigen und wahrscheinlich hätte sich auch jeder andere darüber freut, aber es ist echt ein komisches Gefühl so ein Schiff auf dem Grund zu sehen. Es kam genauso wie bei dem Titanic-Film zum Vorschein und ich glaube auch, dass der Film schuld an meinem Unwohlsein ist.

Ich tauche ganz tapfer weiter. An dieser Stelle sind auch die meisten Taucher, die sich zuwinken und glücklich aussehen. Ich gucke gar nicht richtig hin, um mir das Bild nicht in meinen Kopf einzubrennen.

Leider hatte Lyle aber noch eine andere gute Idee. Er fängt an mir zu zeigen, dass wir ein paar Übungen auf dem Wrack machen. Ich versuche meine Taucherbrille abzunehmen, aufzusetzen und mit der Nase das Wasser rauszupusten. Die Aufregung ist so groß, dass ich es nicht richtig hinbekomme. Es hat erst beim 3. Mal geklappt, weil ich besonders hier nicht blind sitzen möchte. Nachher bin ich sehr stolz, dass ich auch das gut gemeistert habe und freue mich auf alles, was das Meer für mich bereithält.

Den 2. Tauchgang von heute mache ich nicht mehr mit. Meine Pflichttauchgänge sind durch und ich versuche auf dem Boot meine Nerven wieder zu finden. Leider kommt es auch hier nicht wirklich zur Entspannung. Auf dem Sonnendeck ist es viel zu heiß und das ganze Schiff bewegt sich sehr stark. *Schiffsschaukel* hat für mich eine neue Bedeutung bekommen. Es fühlt sich an wie die Schiffsschaukeln auf dem Jahrmarkt und hier auf dem Meer verbringe ich ca. drei Stunden darin. Ich bin sehr froh, als ich das Land näherkommen sehe.

Nachmittags habe ich meine Abschlussprüfung. Ich bin sehr gut vorbereitet, habe viel gelernt und auch Freude an dem Thema gefunden. Ich bestehe die Prüfung mit 94 %! Check!

Die Tauchleute haben mich zwischenzeitlich ausgelacht, weil ich so viel mit dem Buch gelernt habe, es reicht nämlich aus, wenn man 75 % erreicht hat, um das Examen zu bestehen.

Lyle war neu in seiner Rolle als Tauchlehrer und er hat das wirklich sehr toll gemacht. Manchmal wurde mir unter Wasser bewusst, dass ich ihm mein Leben anvertraue. Er achtete auf mich, behielt die Orientierung, die Zeit und die Tiefe im Blick. Auch wenn wir an Land etwas Sprachschwierigkeiten hatten, klappt es unter Wasser mit den Zeichen umso besser. An das Gefühl nicht miteinander sprechen zu können, musste ich mich erst gewöhnen. Auch die Stille um mich herum, die mich zwingt mich auf meinen Atem zu konzentrieren, war ein ganz neues Gefühl.

Abends treffen Maya und ich uns mit einem Couchsurfer, den ich online kennen gelernt habe. Aufgeregt erzähle ich ihm von den Wracks und er lacht: „Da ist nichts Schlimmes passiert. Die Schiffe wurden extra für die ganzen Taucher versenkt! Ehrlich!“ Ein anderer kommt hinzu und sagt: „Ja, in Thailand sind mehrere alte Schiffe von der Regierung versenkt worden, damit die Taucher was zu entdecken haben." Ich gucke die beiden fassungslos an, diese Info hätte Lyle mir gerne *vor* dem Tauchgang geben können. Diese Aussage hat mich dann sehr beruhigt, wobei ich beim Gedanken an das Wrack immer noch Gänsehaut bekomme. Ich gebe feierlich zu, dass ich wohl eher eine Sonntags-Taucherin bin: ohne Wellengang, ohne Wracks, einfach mit Sonnenschein und bunten Fischen.

Sri Lanka

Während meiner Weltreise habe ich noch einige Tauchgänge in anderen Ländern machen dürfen und so hat es sich etabliert, dass ich versuche, in jedem Urlaub zu tauchen. So auch auf Sri Lanka.

Ich werde von zwei Tauchern mit dem Auto an meiner Unterkunft abgeholt und fahre mit ihnen zur Bucht. Hier steigen wir um aufs Boot und fahren hinaus aufs Meer. Wie es scheint, bin ich alleine, was super ist, denn so kann mein Tauchbuddy sich nur auf mich konzentrieren.

Leider spricht er kein Englisch und ich bespreche auf dem Boot mit dem anderen nochmal die Tauchzeichen, nur für den Fall, dass es hier noch andere Zeichen gibt. Wir checken die Ausrüstung, ich bin gut vorbereitet und springe ins Wasser. Nach einer kleinen Eingewöhnung fühle ich mich gleich wohl. Mir beschlägt unter Wasser leider ständig die Maske und ich bin damit beschäftigt sie sauber zu bekommen. Der Tauchgang ist schön und ich freue mich, mal wieder etwas Neues zu sehen. Das eigentliche Highlight der Reise passiert allerdings nach dem Tauchgang.

Ich bin total beflügelt und sage den beiden, dass ich nach Hause laufen möchte. Sie schauen sich unsicher an und bieten mir erneut an, mich zu fahren. Ich bin mir aber sicher, dass ich nur am Strand entlanglaufen brauche und dann ja auch in absehbarer Zeit zuhause bin, verneine also, bedanke mich für den schönen Tag und laufe zurück.

Die beiden hatten mich ja mit dem Auto abgeholt und daher kenne ich den Weg nicht genau. Nach einer Weile merke ich, dass ich „verfolgt" werde. Es springen zwei Hunde um mich herum und ein Junge läuft langsam hinter mir her. Er kommt mir bekannt vor, da ich ihn vorher beim Boot schon gesehen habe. Ich frage ihn, wohin er möchte und merke, dass sein englisch begrenzt ist. Er zeigt nur nach vorne und ruft: „This way, this way." Also laufen wir ein Stück zusammen und ich sehe, dass wir auf einen Berg mit Wald und Palmen zusteuern.

Hier gibt es nun verschiedene Wege und Möglichkeiten und ich bin nicht sicher, wie ich am besten nach Hause komme. Er läuft die ganze Zeit barfuß, während ich mir längst meine Flipflops angezogen habe. Er überholt mich und geht vor, der Weg wird steiler und steiniger. Voller Vertrauen folge ich ihm, denn er scheint sich hier sehr gut auszukennen. So langsam bestärkt sich mein Gefühl, dass die beiden Taucher mir den Jungen geschickt haben, damit er mich gut und sicher nach Hause begleitet. Auf Sri Lanka wird es schnell dunkel und den Berg habe ich tatsächlich nicht kommen sehen. Vielleicht wäre doch eine kleine Panik in mir aufgekommen oder ich hätte einen falschen Weg eingeschlagen. Die Stimmung ist total positiv, auch wenn wir schweigend laufen. Als wir den Berg runterkommen, entdecke ich eine Bucht, die ich wiedererkenne.

Von hier ist es nicht mehr weit bis zu meiner Unterkunft. Ich drehe mich um und sehe, dass sich der Junge gesetzt hat und mir winkt. Ich bedanke mich, winke zurück und er ruft noch: „Have a nice day."

Bis heute ist das eine meiner schönsten Reiseerinnerungen, weil ich mir ganz sicher bin, dass er auf mich Acht geben und sicherstellen wollte, dass ich gut heimkomme.

Besondere Tauchgänge

Es gab zwischendurch immer wieder ein paar Tauchgänge, die ich nie vergessen werde.
Auf meiner 3-monatigen Reise in Mittelamerika mache ich 15 Tauchgänge und habe den Dreh mittlerweile raus. Ich fühle mich viel sicherer und kann das Tauchen noch besser genießen.

Mexico

Ich starte in Mexiko. Von der *Isla Mujeres* nehme ich einen außergewöhnlichen Tauchgang wahr. Wir sind mit dem Boot auf dem Weg zum *MUSA*. Dieser

Tauchgang ist wirklich speziell, dass merke ich bereit bei den ersten Metern.

Das *MUSA* ist ein Unterwassermuseum, dass 2009 eröffnet wurde. Unter Wasser befinden sich rund 500 lebensgroße Figuren, die dort aufgebaut wurden und seither die Taucher begeistern. Die Figuren sind Teil eines Naturschutzprojektes, denn sie sollen die Taucher aus den touristischen Tauchgebieten locken. Die Figuren sind inzwischen übersäht mit Korallen, denn sie sind extra aus speziellem Material gefertigt, sodass ein neues Riff entstehen kann. Gleichzeitig werden die Figuren ganz individuell verschönert und auch absichtlich nicht gereinigt. Auch in den extra eingearbeiteten Löchern und Hohlräumen entstehen so neue Lebensräume für die Meeresbewohner.

Am Anfang finde ich es etwas unheimlich, denn die Figuren sehen wirklich aus wie echte Menschen und es bleibt eine mystische Atmosphäre. Am Ende bleibt eine große Faszination, das Museum ist so groß, dass man es gar nicht an einem Tag komplett sehen kann. Es ist für Anfänger ebenso geeignet wie für erfahrene Taucher, denn die Figuren befinden sich auf unterschiedlichen Höhenmetern. Eine große Empfehlung, dass unbedingt selbst mal zu erleben! Und falls du nicht tauchen möchtest, kann man einiges auch schon beim Schnorcheln entdecken.

Kuba

Ganz spontan führt mich meine Reise nach Kuba. Auch hier eilen die Geschichten der schönen

Tauchgebiete voraus, sodass ich in der *Bay of Pigs* gleich einen Tauchgang buche. Und was soll ich sagen, es wird einer der Schönsten.

Dieses Mal laufe ich direkt vom Strand aus ins Wasser, ein Boot ist gar nicht nötig. Langsam merke ich, wie das Wasser höher wird und ich sehe die ersten bunten Fische. Wir tauchen an der Wasseroberfläche weiter Richtung Horizont. Nach einer Weile erkenne ich etwas, das aussieht wie eine tiefe Korallenwand, die steil nach unten geht. Wir tauchen über die Korallen hinweg und nun ist nur noch tiefdunkel blaues Wasser vor mir. Wir drehen uns um und tauchen etwas ab. Ich bin vor der buntesten Korallenwand, die ich je gesehen habe. Wir bahnen uns an der Wand entlang unseren Weg und sehen, wie die Fische hin und her flitzen, essen oder mit Freunden spielen. Es sieht aus wie ein großer Spielplatz, auf dem sich alle austoben dürfen. Wie gerne würde ich mitspielen.

Nach der Hälfte tut sich eine Art Loch in der Wand auf und wir tauchen hindurch. Ich kann meinem Blick kaum trauen, denn auf der anderen Seite liegt ein Wrack auf dem Grund. Da ich mit Wracks nicht so gute Erfahrungen gemacht habe, schwimme ich nicht hindurch, kann dafür von außen schon sehen, wie sich die Natur das Schiff gekrallt hat. Auch hier haben sich sämtliche Korallen angesiedelt und neuen Lebensraum geschaffen. Da wir wieder etwas höher sind, scheint die Sonne durch das Wasser und macht den Anblick perfekt. Was habe ich für ein Glück, auch unter Wasser so viel Neues zu erkunden und wie schade wäre es, diesen Teil der Erde nie zu entdecken!

Panama

In Panama bin ich auf der *Isla Coiba*, die auch das kleine Galapagos genannt wird. Hier möchte ich unbedingt Walhaie sehen. Wir teilen uns in drei Gruppen auf und springen nach und nach ins Wasser. Die Aufregung steigt sehr stark, denn zu dieser Jahreszeit ist die Chance sehr groß. Ich sehe unendlich viele bunte Fischschwärme, die sich ihren Weg durch das weite blaue Wasser bahnen. Dieses Gefühl inmitten eines Schwarms zu sein, ist unbeschreiblich. Auf einmal wird man ein Teil einer anderen Welt. Sie akzeptieren mich als Besucher und verzaubern mich auf ihre eigene Art.

Plötzlich sehe ich auch ein paar Haie, was immer etwas Besonderes ist. Ich bin weiterhin auf der Suche nach Walhaien und meine, einen hinter mir entdeckt zu haben. Unter Wasser kann ich nur nicht auf mich aufmerksam machen und meine Gruppe taucht weiter gerade aus. Ich drehe mich nochmal um und würde am liebsten in die entgegengesetzte Richtung tauchen, doch traue mich nicht allein.

Nach dem Tauchgang höre ich oben an der Wasseroberfläche von den anderen beiden Gruppen die Begeisterungsrufe, dass sie tatsächlich Walhaie gesehen haben. Wir leider nicht, bzw. bin ich mir sicher, dass in weiterer Entfernung einer war und mir wenigstens einmal zugezwinkert hat.

Wie du merkst, ist das Tauchen ein wunderbares Hobby für mich geworden. Und ich bin dankbar über alle Erlebnisse, die ich unter Wasser hatte. Sei es mit den ersten Schildkröten, den großen Fischschwärmen oder auch mit den vielen wunderbaren Tauchern, die ich auf diesem Wege kennenlernen durfte. Eine komplett neue Welt hat sich mir eröffnet, die ich nicht mehr missen möchte.

Carla Vollert ist eine weltenbummelnde Event Managerin. Sie reist für ihr Leben gern und hat schon sämtliche Jobs gekündigt, um die schönsten Länder dieser Welt zu entdecken.

Seit 2015 ist sie selbstständig und entscheidet nun frei, wo sie leben und arbeiten möchte. Ihre beiden Leidenschaften, das Event Management und das Reisen, hat sie miteinander vereint und 2016 die ***Backpack Stories*** gegründet. Unter dem Motto „Mit Rucksack los – mit Geschichten zurück!" startete sie ihr Herzensprojekt mit deutschlandweiten Reiseevents. Inzwischen begeistert sie ihre Community auch mit ihrem Podcast, mehreren Reisebüchern und Onlinevorträgen, die von den unterschiedlichsten Abenteurern und Weltenbummlern unterstützt werden.

Von Reisenden – für Reisende!

SCHLUSSWORT

Ich hoffe, dass dir diese schönen Abenteuer auf und unter Wasser gefallen haben und wünsche dir, dass du bald selbst welche erlebst.

Man weiß nie, welche Sekunde alles verändern kann, dass das Meer bei uns eine große Rolle gespielt hat, konntest du hier schnell bemerken.

Wenn du magst, dann teile deine Erfahrungen doch als nächstes auf einem meiner Events, im Podcast, in den Büchern oder bei einem Online Reisevortrag. Schon jetzt freue ich mich auf das, was du zu berichten hast und wünsche dir safe travels!

Möchtest du mit mir deine Gedanken zu deinen Reisen oder diesem Buch teilen? Dann schreib mir gerne auf **Instagram** **@backpackstories.event** oder direkt an:

team@backpack-stories.de

Wir freuen uns sehr, wenn dir das Buch gefällt und du uns eine positive Bewertung bei Amazon hinterlässt, damit das Buch auch von anderen schneller gefunden werden kann.

DANKE

Als allererstes möchte ich natürlich meinen Co-Autoren von Herzen danken! Lena, Katharina, Valeska, Yvonne R., Pascal, Franziska, Luisa, Yvonne H., Malena - ohne euch gäbe es in diesem Buch viele leere Seiten. Ich freue mich, dass ihr so offen wart und eure persönlichen Geschichten vom Meer in diesem Buch niedergeschrieben habt.

Ebenfalls möchte ich mich bei allen helfenden Händen bedanken. Besonders bei Jean, die sich um die Texte gekümmert und bei Malena, die diesem Buch dieses wunderschöne Cover geschenkt hat.

Das größte DANKESCHÖN geht allerdings an DICH! Du hast dieses Buch gekauft und das macht mich unfassbar glücklich, vielen Dank für dein Vertrauen!

Von uns allen steckt sehr viel Herzblut in diesem Projekt und ich hoffe, wir konnten dich damit begeistern.

Backpack Stories Events

Seit 2016 begeistern die deutschlandweiten *Backpack Stories Events* bereits die unterschiedlichsten Reisenden. Auf den Veranstaltungen berichten Weltenbummler von ihren Abenteuern und Erlebnissen. Sie nehmen das Publikum durch Fotos und Videos mit auf ihre Reisen. Die Bühne ist für jeden geöffnet, der Lust hat, seine Erfahrungen zu teilen. Getreu dem Motto: „Mit Rucksack los – mit Geschichten zurück!" gibt es für die Teilnehmer viel zu erleben.

Alle Eventtermine findest du unter:

www.backpack-stories.de/events

Backpack Stories Podcast

Da nicht immer alle reisebegeisterten Menschen an einem Ort sind, ist ergänzend der *Backpack Stories Podcast* entstanden. Hier interviewt Carla die Globetrotter zu den verschiedensten Themen, wie z.B. Work and Travel, Vanlife, Reisen mit Kindern und zu vielen unterschiedlichen Reisezielen. Ebenfalls teilt sie auf der virtuellen Bühne selbst ihre Geschichten und gibt dir Tipps und Tricks aus ihrem Erfahrungsschatz mit. Du findest den Podcast auf iTunes – lass doch gerne eine Bewertung da! Natürlich gibt es ihn auch in der Podcast-App deiner Wahl.

Alle Folgen, die Shownotes und die weiterführenden Links findest du unter:

www.backpack-stories.de/podcast

Backpack Stories auf Social Media

Carla freut sich immer auf den Austausch mit Gleichgesinnten und über Anmerkungen und Wünsche für die *Backpack Stories.* Folge ihr auf Instagram oder Facebook und lass gern eine Nachricht oder einen Kommentar da.

www.facebook.com/BackpackStoriesEvent

www.instagram.com/backpackstories.event

www.tiktok.com/@backpackstories.event

Mit Rucksack los – mit Geschichten zurück!

Was würdest du antworten, wenn ich dich nach deinem absoluten Reisehighlight – deiner Backpack Story – frage?

In diesem Buch ndest du 12 spannende Reiseabenteuer, die genau diese Frage beantworten. Die schönsten Momente, die wir Autoren auf Reisen in den unterschiedlichsten Ländern erlebt haben.Von Neuseeland bis Peru, von Südafrika bis zum Nordkap sind Augenblicke entstanden, die unvergesslich bleiben. Wir nehmen dich mit auf unsere Abenteuer und möchten dich ermutigen, mehr zu reisen und dir die Welt anzusehen. Die Erlebnisse könnten unterschiedlicher nicht sein. Wir reisen im Van, mit dem Bus, im Jeep oder per Flugzeug und erinnern uns mit dir an die Geschichte unseres Lebens!

www.backpack-stories.de/buch

Abenteuer Vanlife

11 Roadtrip-Geschichten über Fernweh, Freiheit und das Leben im Camper

Vanlife – der Inbegriff von Freiheit, Unabhängigkeit und Selbstbestimmtheit

Einfach in den Bulli oder Camper steigen und los geht's! Sich treiben lassen, fahren, wohin man möchte, bleiben, wo es einem gefällt. Unter dem schönsten Sternenhimmel einschlafen und vom sanften Rauschen der Wellen geweckt werden. Und dabei erkennen, wie wenig man braucht, um tatsächlich glücklich zu sein.

11 Reisende erzählen in diesem Buch ihre ganz persönliche Vanlife-Geschichte. Ob als Paar durch Südamerika, als alleinerziehende Mutter mit Kind in Portugal oder allein durch die Minusgrade Norwegens. Die Personen und ihre Erlebnisse könnten unterschiedlicher kaum sein, und doch eint sie alle dieselbe Sache: der unwiderstehliche Drang nach Freiheit.
(in Zusammenarbeit mit dem Wenn nicht Jetzt-Verlag)

www.backpack-stories.de/buch-vanlife

Reisefreundschaften von unterwegs

10 Abenteuergeschichten von Begegnungen, Vertrauen & Mut auf Reisen

Wie oft bist du schon Menschen auf Reisen begegnet, bei denen du dir dachtest: „Danke, dass du in mein Leben getreten bist!"

In diesem Buch erzählen 10 Globetrotter von ihren Reisen, bei denen aus Fremden Freunde wurden. Von flüchtigen Bekanntschaften oder guten Gesprächen, die ihr Leben nachhaltig verändert haben. Von Abenteuern, die man plötzlich gemeinsam meistert und von unglaublicher Gastfreundschaft und Unterstützung in Notsituationen. Ihre Reiselust treibt sie durch Nord- und Südamerika, Asien, Europa, Ozeanien und Afrika. Ob beim Hitchhiken, im Vanlife mit Wohnmobil oder auf Weltreise beim Backpacking, haben sie Begegnungen erfahren, die den Weltenbummlern immer in Erinnerung bleiben werden. Sie möchten diese mit dir teilen und dich ermutigen, selbst loszugehen, dein Fernweh zu stillen und Freundschaften zu schließen.

www.backpack-stories.de/buch-reisefreundschaften

Abenteuerliebe – Geschichten von Weltreisenden

10 fesselnde Erlebnisse über Mut, Veränderung & purer Freiheit
„Ich malte mir schon aus, was wir tun oder wohin wir flüchten, wenn hier wirklich Löwen sind.“

In diesem Buch steckt ganz viel Abenteuerliebe von Weltreisenden, die den Mut hatten, loszuziehen. Kleine Entscheidungen können eine große Veränderung bewirken. Diese Reisenden erleben Abenteuer während einer Safari, bei der plötzlich das Auto versagt, bei einer spannenden Bergsteigertour ohne Kontakt zur Außenwelt oder auf einem monatelangen Trail unter extremem Bedingungen mit nicht eingeplanten Wetterveränderungen.
Ihre Reiselust treibt sie von Europa über Russland bis Australien, von Nordamerika über Kuba bis Südamerika. Die Weltenbummler sind unterwegs als Hitchhiker, Backpacker, Wanderer, Motorradfahrer oder Vanlifer und teilen ihre einzigartigen Erfahrungen mit dir.

www.backpack-stories.de/buch-abenteuerliebe/

Backpack Stories Bücher

Einen Überblick über alle Bücher, jede einzelne Geschichte und mehr Infos zu den Autoren und wo du sie findest, erhältst du auf der Webseite.

Es sind noch viele weitere tolle Bücher geplant. Dabei geht es immer um Abenteuer, neue Erlebnisse auf Reisen, Freiheit, die Natur und wundervolle Begegnungen fernab des Alltags!

Wenn du wieder Lust auf neue Reiseinspiration hast, schau auf jeden Fall hier vorbei. Sobald ein neues Buch erscheint, steht es mit in der Übersicht!

www.backpack-stories.de/buecher

Printed in Poland
by Amazon Fulfillment
Poland Sp. z o.o., Wrocław

87563531R00110